쌍무지개 뜨는 언덕

쌍무지개 뜨는 언덕

쌍무지개 뜨는 언덕

김내성 지음

도서출판 맑은창

차례_

1_ 신문팔이 아이들 · 11

2_ 은주와 신사 · 18

3_ 똑같은 두 얼굴 · 24

4_ 구두닦이 소년들 · 26

5_ 검은 마음 흰 마음 · 31

6_ 악마의 속삭임 · 37

7_ 가방을 되찾은 신사 · 41

8_ 신문에 넣은 쪽지와 돈 뭉치 · 46

9_ 양심의 소리 · 51

10_ 어딘가 이상한 오빠 · 55

11_ 서글픈 거짓말 · 60

12_ 똑같이 생긴 사람은 싫어요 · 65

13_ 꿈에 그리던 교정 · 69

14_ 하루 사이에 달라진 소녀 · 75

15_ 찻길로 뛰어들다 · 80

16_ 15년 전에 헤어진 쌍둥이 · 84

17_병실에서 · 90
18_동생의 얼굴과 똑같은 소녀 · 95
19_꿈과 같은 일 · 99
20_놀라운 소식 · 105
21_친절한 아주머니 · 111
22_믿을 수 없는 또 다른 어머니 · 116
23_양심과 진실의 만남 · 120
24_학교에 못 가도 사람은 산다 · 126
25_착한 사람들 · 131
26_새로 생긴 언니를 생각하며 · 136
27_판잣집의 안과 밖 · 141
28_서로 싸우는 마음들 · 146
29_운동장에서 · 153
30_은주의 성적표 · 159
31_음악실에서 · 164
32_불타는 질투심 · 171

33_음악 선생님의 제안 · 176

34_영란의 구두를 닦는 은철이 · 182

35_원망스런 음악 콩쿠르 · 188

36_어머니가 없어도 사람은 산다 · 194

37_진정한 예술가란? · 199

38_몰래 엿들은 은주의 노래 · 204

39_새로운 출발 · 209

40_은주의 배탈 소동 · 215

41_아름다운 부탁 · 220

42_정류장에서 생긴 일 · 226

43_소매치기 소년 · 232

44_은철이의 복수 · 238

45_세상에서 제일 귀한 보물 · 244

46_음악 콩쿠르 · 251

47_쌍무지개 뜨는 언덕 · 259

"오오, 하늘에도 쌍무지개! 땅 위에도 쌍무지개!
오늘이야말로 축복받은 영광의 날이다!"

"오오, 한들네로 우박지네! 팡 우박네로 한들지네!
오늘이로 덤벙이로 추봉벌의 향련이늘아!"

1_신문팔이 아이들

온 종일 구름 한 점 없이 맑게 개어 있던 하늘이 갑자기 흐려지는가 싶더니, 난데없이 후드득 후드득 빗방울이 떨어지기 시작했다. 그러다가 성에 안 찼는지 끝내는 세찬 소나기가 되어 좍좍 쏟아져 내렸다. 슬슬 저녁이 가까워 오는 무렵, 사람의 물결로 넘쳐나던 종로 거리는 갑자기 쏟아지는 비로 한순간에 아수라장이 되어 버렸다.
"아저씨, 신문 한 장만 팔아 주세요."
신문 뭉치를 옆구리에 끼고 길 가는 사람들의 뒤를 따라다니며 졸라대던 소년과 소녀들도 어쩔 수 없이 눈앞에 보이는 서점의 처마 밑으로 뛰어들었다.
"에이, 재수 없어. 갑자기 비는 왜 쏟아지는 거야?"
갑작스런 소나기에 짜증이 난 민구는 옆구리에 끼었던 신문을 세어 보면서, 쏟아지는 비가 원망스럽다는 듯 한 치 앞이 보이지 않는 검은 하늘을 올려다보았다.
"아직도 여섯 장이나 남았는데, 이걸 언제 다 팔지?"
"난 딱 세 장 남았는데……."
명혜가 민구의 얼굴을 흘끗 쳐다보며 중얼거렸다.
"넌, 너무 깍쟁이라서 많이 판 거야."
민구가 퉁명스럽게 쏘아붙였다.

"내가 왜 깍쟁이야. 아까 그 할아버지가 한꺼번에 두 장을 팔아 주셔서 그런 거지."

"시끄러워. 그 할아버지가 내 걸 사려는데, 네가 옆에 달려들어서 팔았잖아. 계집애만 아니었으면 벌써 한 대 날아갔다, 날아가……."

그 말에 명혜는 입만 삐죽일 뿐 아무 말도 못하고 고개를 돌렸다.

처마 끝에는 허름한 옷을 입은 너더댓 명의 소년 소녀가 무심하게 쏟아지는 빗줄기를 원망하면서 나란히 서 있었다.

"은주야, 넌 몇 장 남았냐?"

민구는 서점 옆 약국의 처마 밑에 혼자 우두커니 서서 비를 피하고 있는 소녀를 돌아다보면서 물었다. 열서너 살쯤 되어 보이는 귀여운 얼굴의 소녀였다.

그러나 소녀는 세찬 비를 퍼부어 대는 검은 하늘을 멍한 얼굴로 쳐다볼 뿐 아무런 대답이 없다. 민구의 말을 들었는지 못 들었는지, 여전히 시름에 잠긴 얼굴이다.

"야, 은주 너 귀머거리냐?"

그러잖아도 기분이 엉망이던 민구는 은주에게 빽 소리를 질렀다.

은주는 그제야 비로소 제정신으로 돌아온 듯 놀란 얼굴로 민구를 쳐다보았다.

"응? 뭐라고 그랬어, 민구 오빠?"

"뭐야? 내 말이 말 같지 않아?"

우락부락한 민구의 얼굴이 더 사납게 구겨지며 붉으락푸르락거린다.

민구의 나이는 열일곱으로, 이 종로 4가 바닥에서는 그래도 대장 격이다.

은주는 대답을 못하고 가만히 고개를 숙였다. 성난 민구의 성격으로 보아 괜히 섣불리 대답했다가는 큰코다칠 것이 뻔했기 때문이다.

"어쭈, 이젠 벙어리가 되었냐?"

민구가 또 소리를 버럭 질렀다.

"아냐, 아까는 내가 듣지 못해서 대답을 못했어. 미안해."

은주는 정말 미안하다는 듯 곁눈으로 민구의 표정을 살피면서 조용히 대답했다.

"흥, 누가 모를 줄 알고? 듣고도 일부러 대답을 안 한 거 아냐? 너 그러다간 여기서 신문 못 팔게 될 줄 알아."

잔뜩 약이 오른 민구가 무섭게 눈을 부라리며 말했다. 평소에도 불량기 가득한 민구의 행동은 은주뿐만 아니라 거리에서 함께 신문을 파는 다른 아이들도 모두 무서워하며 쩔쩔맸다. 민구는 제 맘에 들지 않는 아이가 있으면 별일도 아닌 걸 가지고 툭하면 시비를 걸고 때리기 일쑤였다. 자신은 빈둥빈둥 놀면서 아이들에게 신문을 나누어 주고 억지로 팔아 오게 했고, 만약 말을 안 듣거나 싫다는 아이에게는 무조건 주먹부터 휘둘렀다.

그래서 은주는 민구가 제풀에 꺾이기를 바라며 아무 대꾸도 하지 않고 가만히 머리를 숙였다.

"야, 비가 그쳤다!"

그 때 명혜가 이렇게 외치며 거리로 뛰어나갔다.
"와! 정말 신기하다!"
다른 아이들도 거리로 나와서 손바닥을 내밀어 빗방울을 받아 보았다. 정말 신통하게도 비는 뚝 그쳐 있었다.
하늘은 언제 비를 뿌렸냐는 듯 맑은 얼굴을 되찾았고, 구름 속에 가려졌던 해가 다시 얼굴을 내밀며 늦은 오후의 거리를 쨍쨍 비추기 시작했다.
"야, 저기 무지개다! 무지개가 떴다!"
명혜가 동쪽 하늘을 가리키며 손뼉을 쳤다.
"야, 참 예쁘다!"
"어쩜, 저렇게 고울까?"
소년 소녀들은 우르르 모여 동대문 지붕 끝쪽 하늘에 동그랗게 걸려 있는 무지개를 신기한 듯 쳐다보았다. 어른 아이 할 것 없이, 비가 그치자마자 갈 길을 재촉하던 사람들도 잠시 발걸음을 멈추고 하늘을 올려다보았다.
"야, 저기 또 하나 떴다!"
이번엔 민구가 좀더 먼 하늘가를 가리키며 큰 소리로 말했다.
"어디, 어디?"
아이들은 다시 머리를 돌려 창경궁 쪽을 바라보았다.
"야, 쌍무지개다!"
"쌍무지개가 떴다!"

은주도 하늘을 우러러 쌍무지개를 보며 신기한 듯이 눈을 동그랗게 떴다.

은주가 쌍무지개를 본 것은 이번이 두 번째였다.

"야, 정말 쌍둥이 무지개다!"

"와, 정말 예쁘다!"

소년 소녀들은 예쁜 쌍무지개를 쳐다보느라 신문 파는 것도 잊어버린 채 좋아라 손뼉을 쳐댔다.

"빨간색 옆엔 뭐야?"

그 때 명혜가 노래를 부르듯이 소리를 높여 다른 아이들에게 물었다. 그러자 아이들은 합창이라도 하듯 한 목소리로 대답했다.

"빨강 옆엔 주홍이지."

"주홍 옆엔 뭐지?"

"주홍 옆엔 노랑이지."

"노랑 옆엔 뭐지?"

"노랑 옆엔 초록이지."

"초록 옆엔 뭐지?"

"초록 옆엔 파랑이지."

"파랑 옆엔 뭐지?"

"파랑 옆엔 남색이지."

"남색 옆엔 뭐지?"

"남색 옆엔 보라지."

아이들은 일곱 가지 빛깔이 찬란하게 수놓인 쌍무지개를 찬양이라도 하듯 목소리를 높여 조잘대며, 쌍무지개 뜬 저녁 하늘을 시간 가는 줄 모르고 마냥 바라보았다.
"쌍무지개가 뜨면 좋은 일이 생긴다던데……."
그러면서 은주는 어두컴컴한 골방에 앓아누워 있는 엄마를 생각했다.
"엄마는 좀 어떠실까? 제발 엄마의 병이 빨리 나아야 할 텐데…… 쌍무지개야, 제발 우리 엄마 병 좀 낫게 해줘. 응? 쌍무지개야."
은주가 남은 신문을 가슴에 안고 두 손을 모아 소원을 빌고 있을 때였다.
"따악!"
은주와 명혜의 등 뒤에 서 있던 민구가 잠깐 동안 무슨 재미있는 생각을 했는지 얼굴 가득 심술궂은 미소를 띠더니, 돌연 손을 뻗어 두 소녀의 머리를 힘껏 박았다.
"아얏!"
"아얏!"
은주와 명혜는 까무러칠 정도의 아픔에 소리를 질렀다. 눈에서 불똥이 튀고, 눈물이 쏘옥 빠질 것처럼 매서운 아픔이었다.
"하하하핫!"
민구가 고소하다는 듯 신이 나서 웃어제쳤다.
명혜는 아프기도 했지만 분한 마음이 들었다. 그래서 손에 들고 있던 신문으로 얼굴을 가리며 길가에 쭈그리고 앉아서 엉엉 울었다.
은주도 울상을 지으며 민구의 얼굴을 원망스러운 눈으로 쳐다보았다.

"왜 팔라는 신문은 안 팔고 하늘만 쳐다보는 거야? 무지개만 보고 있으면 하늘에서 돈이 떨어지냐, 밥이 생기냐? 어서 남은 신문이나 팔아. 하하하핫!"
민구는 깨가 쏟아지게 재미있다는 듯 배를 잡고 웃어 댔다. 눈물까지 뺄 정도로 한동안 웃음을 참지 못하던 민구는 저 앞에서 걸어오는 중년 신사를 보자 잽싸게 따라 붙어 쫓아가며 말했다.
"아, 아저씨, 신문 한 장 팔아 주세요. 네? 신문 한 장만 팔아 주세요."

2 _ 은주와 신사

"명혜야, 울지 마."
은주는 민구가 사라진 뒤에도 여전히 훌쩍훌쩍 울고 앉아 있는 명혜를 잡아 일으켰다.
"어서 신문을 팔고 집에 가야지. 울고만 있으면 어떡하니?"
그러자 명혜는 더욱 목놓아 울 뿐이었다. 은주는 울음을 그치지 않는 명혜를 망연한 눈길로 바라보았다. 그러다가 마침 지나가는 신사 한 사람을 붙잡고 따라가면서 말했다.
"신문 한 장만 팔아 주세요."
"오늘 신문은 다 보았다."
"아이, 아저씨. 그러지 마시고 한 장만 팔아 주세요. 네?"
"글쎄, 다 보았대도 그래?"
신사는 귀찮은 듯 퉁명스레 한마디 내뱉고는 갈 길을 재촉했다.
은주는 하는 수 없이 그 자리에 멈추어 섰다. 뒤를 돌아보니 그새 명혜는 울음을 그치고 열심히 신문을 팔고 있었다.
그 때 잿빛 양복을 입은 신사가 총총한 걸음으로 은주 앞을 지나갔다. 은주는 또 신사를 붙잡았다.
"저, 신문 한 장만 팔아 주세요."
"신문 벌써 샀다."

신사는 계속 걸어가면서 양복 주머니에 접어 넣었던 신문을 꺼내 보여주었다.

"그럼, 다른 신문으로 하나만 팔아 주세요, 네?"

은주는 신사 옆에 바짝 붙어 서며 열심히 따라갔다.

"신문만 자꾸 사면 뭐 하니?"

그러다가 신사는 문득 걸음을 멈추더니 싱긋 웃으면서 은주에게 말했다.

"너, 어느 학교에 다니니?"

"저어…… 저어, 동신여자중학교……."

은주는 우물쭈물 말을 하다가 채 맺지 못하고 입을 다물었다.

"동신여자중학교?"

그러면서 신사는 다시 한 번 은주를 바라보았다.

"호오, 그래? 몇 학년이지?"

"저어, 그런 건 묻지 마시고 그냥 신문 한 장만 팔아 주세요."

"그런 건 묻지 말라고? 그렇지만 나는 무척 알고 싶은데……."

"저어, 아무 학년도 아니에요."

"응? 아무 학년도 아니라니?"

신사는 잠깐 놀라는 표정으로 다시 물었다.

"아무 학년도 아니라니, 그게 무슨 뜻이지?"

"그게 저어…… 아직 학년이 없어요."

신사는 아무리 생각해도 은주의 말이 무슨 뜻인지 알 수 없었다.

"학년이 없다고? 그런데 왜 동신여자중학교에 다닌다고 했지?"

"저어…… 그런 말씀은 그만 하시고 제발 한 장만 팔아 주세요."
은주는 신사에게 애원하듯이 말했다.
"그걸 알려 주면 신문을 사마."
그 말에 은주는 신사를 따라가던 발걸음을 멈추고 슬그머니 돌아섰다. 그러자 신사도 얼떨결에 걸음을 멈추고, 어깨를 축 늘어뜨린 채 걸어가는 은주의 뒷모습을 멍하니 바라보다가 말했다.
"얘야! 미안하구나. 그럼 이젠 묻지 않으마. 자, 신문 한 장만 줄래?"
그래도 은주는 못 들은 척하며 뒤도 돌아보지 않고 터벅터벅 걸어갔다. 신사는 왠지 이 소녀의 태도가 마음에 걸려서 성큼성큼 따라가서 소녀의 어깨를 툭툭 쳤다.
"자, 신문 한 장 다오."
신사는 20원을 꺼내 은주에게 주었다.
"고맙습니다."
그제야 은주는 활짝 웃는 얼굴로 신사에게 신문 한 장을 건네 주었다.
"얘야, 아까는 정말 미안했다. 겨우 20원짜리 신문 한 장 팔아 주면서 네가 그토록 하고 싶지 않다는 이야기를 들으려고 했으니…… 생각해 보니 내가 너무 욕심쟁이였다. 용서하거라."
인자한 얼굴에 빙그레 웃음을 띤 신사는 은주의 머리를 사랑스럽게 쓰다듬어 주었다. 은주는 다소곳이 머리를 숙인 채 잠자코 있었다.
"하지만 얘야, 내가 자꾸만 캐물은 건 이유가 있단다. 내가 바로 그 동신여자중학교의 선생님이거든."

"네?"

은주는 깜짝 놀라 고개를 들었다.

"그런데 너는 우리 학교 교복도 입지 않고, 우리 학교 배지도 달지 않았잖니? 그래서 물어본 거지, 별다른 이유가 있는 건 아니야."

비둘기처럼 말똥말똥 신사를 쳐다보던 은주의 머리가 다시 힘없이 푹 수그러졌다. 고개 숙인 은주의 눈에서 이슬같이 맑은 눈물이 한 방울 고였다가, 다 해진 운동화 발부리 앞에 툭 떨어졌다.

여기저기 다닥다닥 기워 붙인 보기 흉한 운동화였다.

"선생님, 용서하세요. 제가 거짓말을 했습니다."

은주는 운동화 발부리 앞에 떨어진 눈물 자국을 나머지 운동화로 가만히 문질러 버린다.

"음……."

신사는 짧은 신음을 토해 낸 후 손으로 턱을 어루만지며 뭔가를 생각하는 듯하더니, 다시 부드러운 말로 물었다.

"왜 거짓말을 했니? 그러면 신문이 잘 팔릴 줄 알았니?"

"아뇨."

"그럼 왜 거짓말을 했을까?"

"저는 동신여자중학교에 합격하기는 했어요. 그러나 아직 그 학교 학생은 아니에요."

"합격은 했으나 학생이 아니라니? 무슨 뜻이지?"

"입학 시험을 치르고 합격은 됐지만 아직 등록을 못 했어요. 내일이 입학식인데, 내일까지 등록을 못 하면 입학이 취소된대요."
"아, 그랬던가? 그럼 내일까지 등록을 마칠 수가 있을까?"
그 말에 은주는 선뜻 대답을 하지 못했다.
입학금과 후원회비 외에도, 이것저것 합해서 약 3만여 원이라는 돈을 학교에 내야만 학교에 다닐 수 있었다.
"아버지는 무얼 하시지?"
"돌아가셨어요."
"어머니는?"
"어머니는 지금 앓아누워 계세요."
"오빠나 언니는 없니?"
"오빠가 한 명 있어요."
"그럼 오빠는 무얼 하지?"
"이젠 더 이상 묻지 마세요."
은주는 울먹이는 목소리로 외치고는, 홱 돌아서서 사람들 틈으로 빠르게 사라져 버리고 말았다.
"이상한 일이야."
신사는 사람들 틈으로 사라지는 소녀의 뒷모습을 멍하니 바라보며 중얼거렸다.
"보통 애 같으면 없는 사실도 있는 것처럼 만들어 동정을 사려고 할 텐데, 저 아이는 그 반대로군."
이윽고 신사는 가던 길을 재촉해 동대문 쪽으로 성큼성큼 걸어갔다.

그러다가 갑자기 뭔가 생각난 듯 다시 혼잣말을 했다.
"아참, 그 애의 이름을 물어보는 것을 잊어버렸네. 할 수 없군. 내일 학교에 가면 알 수 있겠지."

3_똑같은 두 얼굴

돈암동 방면으로 가는 택시가 뒤이어 와 닿는다. 100원씩만 내면 탈 수 있는 자동차다.
손님들이 차에 오르기 바쁘게, 신문 파는 아이들은 한 장이라도 더 팔려고 서로 어깨싸움을 해 가며 손님들의 코앞에 신문을 내밀었다.
"신문 한 장만 팔아 주세요, 네?"
"한 장만 팔아 주세요, 선생님."
"한 장만……."
그때마다 은주는 명혜처럼 영악스럽지가 못해서 자동차 주위만 뱅뱅 돌 뿐이다. 그러는 사이에 손님들은 벌써 다른 아이들의 신문을 사 버렸고, 은주의 손에는 다른 아이들보다 많은 신문이 남아 있곤 하였다.
그런데 바로 그 때 은주에게 참으로 이상한 일이 생겼다.
두 사람만 더 타면 택시가 떠날 무렵이었다. 은주는 저쪽 편 문으로 차에 올라타는 두 명의 학생을 발견하고 그 쪽으로 뛰어 다가갔다. 한 명은 예쁜 옷을 입은 은주만한 여학생이었고, 또 한 명은 그의 동생인 듯한 초등학생이었다. 아마도 내일로 다가온 신학기를 맞아 이 두 남매는 학용품 같은 것을 사러 나왔다가 돌아가는 길인 듯했다.
은주는 간혹 여학생들도 신문을 팔아 주었던 기억을 떠올리며 재빨리 그리로 뛰어갔다.

"저, 신문 한 장만 팔아 주세요."

자동차 문을 열고 은주는 불쑥 머리를 들이밀며 여학생 앞에 신문을 내놓았다. 그러나 여학생은 딱 잘라 말하며 얼굴을 돌렸다.

"안 사요!"

"아이, 한 장만 팔아……."

그러다가 은주는 말을 채 잇지 못하고 갑자기 벙어리가 된 사람처럼 멍하니 여학생의 얼굴을 쳐다보았다.

"아니!"

그 순간, 은주는 가늘게 외치면서 뒤로 주춤 물러섰다.

아니, 이게 어떻게 된 노릇일까? 자기의 얼굴과 똑같이 생긴 얼굴이 바로 그 앞에 있었다. 똑같은 얼굴이 세상에 또 하나 있다니! 은주는 자기 또래의 거만해 보이는 소녀가 자기와 똑같이 생겼다는 것을 발견하고 깜짝 놀랐다.

은주가 외치는 소리에 그 여학생도 은주 쪽으로 얼굴을 돌리다가 똑같이 놀라면서 몸을 흠칫 뒤로 움츠렸다.

"어머나!"

그 여학생은 신문을 팔러 다니는 초라하고 지저분한 여자 애의 얼굴이 자기와 똑같이 생겼다는 것을 발견하고는 소스라치게 놀랐다.

어쩌면 이런 일이 있을 수 있을까? 마치 판에 박은 듯 똑같은 두 개의 얼굴이 자동차 문 하나를 사이에 두고 놀라운 표정으로 서로를 바라보았다.

4_구두닦이 소년들

"아저씨, 구두 닦으세요."
"아저씨, 반짝반짝 광을 잘 내 드릴 테니 이리 오세요."
"아저씨, 아저씨, 잘 닦아 드릴 테니 오세요."
여기는 종로 4가, 은주가 신문을 팔고 있는 택시 승강장에서 조금 떨어진 전차 정류장 앞이다.
열서너 살부터 스무 살이 채 안 되어 보이는 소년들이 길가에 쭉 늘어앉아서 지나가는 사람들의 구두만 보면 달라붙어서 떨어지지 않는다.
그것은 은주가 돈암동 방면으로 가는 택시 안에서 자기와 똑같이 생긴 여학생을 발견하고 놀란 지 약 한 시간쯤 후였다.
한 사람의 점잖은 중년 신사가 손가방을 들고 택시 승강장에서 차를 기다리다가, 아무리 기다려도 차가 오지 않자 전차를 탈 생각으로 역을 향해 걸어가고 있을 때였다.
"아저씨, 잘 닦아 드릴게요, 이리 오세요."
은철이가 신사에게 손을 내밀었다. 열예닐곱 살쯤 되어 보이는 소년이었다.
"반짝반짝 광을 내 드릴 테니 앉으세요."
은철이가 한 번 더 그렇게 권했을 때, 신사는 잠시 자기 구두를 들여다보다가 발걸음을 멈추었다.

그러나 그 때 은철이 바로 옆에 앉아 있던 깨알곰보 봉팔이가 냉큼 신사 앞에 의자를 내놓으며, 은철이의 손님을 가로채 버렸다.
"자아, 앉으세요. 아주 특별히 잘 닦아 드릴게요."
봉팔이는 신사의 팔을 억지로 끌어 자기 앞의 의자에 앉혔다.
열아홉 살인 봉팔이는 여기서는 대장 격이다. 콧등에 깨알만한 곰보 딱지가 대여섯 군데 박혀 있어 별명이 깨알곰보다.
"너, 왜 손님을 가로채는 거야?"
은철이가 상기된 얼굴로 봉팔이에게 대들었다.
"흥!"
깨알곰보 봉팔이는 코웃음을 치며 말했다.
"네 손님, 내 손님이 따로 있냐? 먼저 앉히면 손님이지 뭐?"
그러면서 은철이를 무섭게 노려보았다.
"그래도 내가 먼저 손님을 붙들었잖아? 그걸 네가 가로채서 의자에 앉힌 거지!"
"너 요즈음 점점 건방져 간다?"
"건방지긴 누가 건방지다고 그래? 순리대로 따져서 이야기를 해 보자. 자기 손님을 남에게 주지는 못해도 남의 손님을 가로채는 법이 어디 있어? 빌어먹으려면 같이 빌어먹어야지, 너 혼자 먹겠다는 거야?"
은철이도 만만치 않았다.
"이 자식이! 야학에 다니더니 제법 말재주가 늘었는걸."
깨알곰보는 눈알을 희번덕이며 손으로 은철의 턱을 슬슬 만지면서 협박하듯 말했다.

"너 그러다가는 여기서 구두 못 닦는다! 알았니? 알았으면 입 닥쳐!"

은철이는 대답을 못했다. 여기서 구두를 못 닦는다는 그 한마디가 은철이는 두려웠기 때문이다.

그러나 그 때까지 잠자코 봉팔이의 의자에 앉아 있던 신사는 바짓가랑이를 걷어 올리려는 봉팔이의 손을 막으며 점잖게 말했다.

"나에게 구두 닦기를 권한 것은 이 소년이니까, 나는 이 아이에게 구두를 닦겠다."

신사는 가방을 들고 은철이의 의자로 옮겨 앉았다.

"흥!"

봉팔이는 하는 수 없이 코웃음을 치면서 신사와 은철이를 못마땅하다는 듯이 곁눈으로 흘겼다. 은철이는 열심히 신사의 구두를 닦기 시작했다. 기름으로 때를 빼고 약으로 문지른 후 솔과 헝겊으로 반질반질 윤이 나게 닦았다.

그러는 동안에 봉팔이도 손님 하나를 붙들어 씩씩거리면서 구두를 닦기 시작했다. 그래서 그 험상궂은 눈초리로 은철이를 흘겨볼 겨를이 없었다.

"다 됐습니다."

은철이는 신사의 바짓단을 내렸다.

"얼마지?"

"50원입니다."

신사는 100원짜리 한 장을 내주고는 거스름돈을 받을 생각도 않고 급하게 전차 정류장으로 걸어갔다.
"고맙습니다."
은철이는 사람들 틈으로 사라지는 신사의 뒷모습을 감사한 마음으로 멍하니 바라보았다.
"아저씨, 구두 닦으세요. 잘 닦아 드릴게요."
은철이는 또다시 지나가는 손님을 부르기 시작했다.
"얘, 바쁘다 바빠!"
손님들은 열에 아홉은 그런 소리를 툭 내뱉고 지나가 버렸다.
그 때였다.
"아, 이 가방은……!"
은철이는 너저분하게 널려 있는 도구들 사이에서 손가방을 발견하고 놀랐다. 무엇이 들어 있는지 아주 두툼해 보이는 가방이었다.
"아까 그 손님 거다!"
은철이는 가방을 들고 무엇을 어찌해야 할지 몰라 잠시 망설였다. 그러나 곧, 가방 주인인 그 신사를 찾아 가방을 돌려주기로 마음먹고 전차 정류장 쪽으로 막 달음질을 치려고 했다.
바로 그 때, 깨알곰보 봉팔이의 커다란 손이 은철이의 팔목을 꽉 붙잡았다.
"어딜 가?"
"갖다 줘야지!"

"갖다 주긴 누구를 갖다 준단 말이야?"
"주인을 찾아 주지 누구를 갖다 줘?"
"주인이 어디 있어?"
"아직 전차를 못 탔을 테니까 빨리 가면 만날 거야."
그 때 깨알곰보가 은철이의 옆구리를 한 번 쿡 찌르며 낮은 목소리로 위협하면서 은철이를 뒷골목으로 끌고 들어갔다.
"떠들지 말고 이리 와!"

5_검은 마음 흰 마음

저녁 무렵이라 큰길에는 사람들의 왕래가 빈번했으나, 골목 안은 인기척이 드물었다.
"그 가방 열어 봐!"
봉팔이는 골목 안으로 은철이를 끌고 들어가기가 바쁘게 그렇게 윽박질렀다.
"남의 가방을 함부로 열면 안 돼."
은철이는 반대했다.
"열어만 보는 건데 어때?"
"열어 볼 필요가 없는데, 뭐하려고 연단 말이야?"
"열어 보고 무엇이 들어 있는지 알아야지. 그래야 주인이 오더라도 그대로 간직했다가 돌려줄 수가 있잖아? 괜히 남의 가방을 가지고 있다가, 그 안에 들어 있지도 않은 돈이 있었다고 하면 어떡할 거야?"
봉팔이의 말을 들어 보니 그럴 듯했지만, 은철이는 아무래도 마음이 내키지 않았다.
"여기서 가방을 열어 볼 시간에 빨리 이대로 갖다 주는 게 좋지 않아? 공연히 남의 물건에 손을 댔다가 무슨 실수를 하면 어쩌냐 말이야?"
"잔말 말고 빨리 열어 봐!"
봉팔이가 꽥 소리를 지르면서 은철이의 손에서 가방을 빼앗아 재빨리 열었다.

"세상에! 돈, 돈, 돈이다!"

순간 봉팔이의 입에서 놀라움과 동시에 부러움에 찬 소리가 흘러나왔다.

가방 속에는 시퍼런 1만 원짜리로만 묶여진 지폐 뭉치가 수두룩했다.

"아아, 돈이다!"

은철이의 입에서도 똑같이 놀라움의 목소리가 흘러나왔다.

그처럼 많은 돈을 눈앞에서 보는 순간, 은철이는 갑자기 가슴이 떨렸다.

"빨리 이리 줘, 빨리 갖다 주자!"

은철이는 봉팔이의 손에서 가방을 빼앗으려 했다. 그러나 봉팔이는 쉽게 가방을 내주려 하지 않았다.

봉팔이는 가방을 다시 잠그고 또 한 번 사방을 둘러보고 나서, 은철이를 유혹하기 시작했다.

"은철아, 이것만 있으면 우리는 구두를 닦지 않아도 돼. 남처럼 양복도 해 입고, 구두도 사 신고, 연극 구경도 갈 수 있고, 영화 구경도 갈 수 있지 않아?"

그러나 은철이는 그 말이 너무나 섬뜩해서 눈을 동그랗게 뜨고 봉팔이의 얼굴만 쳐다보았다.

"너와 내가 절반씩 나눠 가지면 되잖아?"

"안 돼! 그런 짓을 하면 안 돼!"

은철이는 두려워서 벌벌 떨며 그렇게 외쳤다.
"쉬잇!"
봉팔이는 손으로 은철이의 입을 막으며 말했다.
"너무 큰 소리 내지 마!"
그러더니 무서운 눈초리로 은철이를 한번 노려보고 나서 다시 달래기 시작했다.
"이 돈만 있으면 너는 내일부터 동생을 중학교에 보낼 수가 있지 않니? 그처럼 붙기 어려운 중학교에 훌륭히 합격한 은주가 가엾지 않아? 은주가 신문을 아무리 많이 팔아도 그리고 네가 아무리 구두를 열심히 닦는다고 해도 3만 원이라는 큰돈을 어떻게 장만할 수 있겠어?"
그 순간 은철이의 머리에는 사랑하는 누이동생 은주의 가여운 모습이 번개같이 스치고 지나갔다.
지난 2월 초등학교를 1등으로 졸업한 은주였다.
은주는 집이 가난하여 중학교에는 가지 않겠다고 굳이 사양했지만, 은철이가 목을 끌다시피 하여 입학 시험을 보게 했다.
"은주야, 염려 마. 어떤 일이 있더라도 너 하나 중학교에 못 보낼 내가 아니다! 이 오빠의 몸이 부서져서 가루가 되는 한이 있어도 너를 꼭 중학교에 보내고야 말 테다!"
입학 시험이 내일로 임박한 그 전날 밤, 반딧불이가 곱게 날아다니는 돈암동 산언덕 위에서 두 오누이가 눈물을 흘리면서 주고받던 이야기가 다시금 은철이의 기억에 새로워진다.

"자아, 우물쭈물할 때가 아니야. 내가 이 가방을 갖고 슬쩍 도망칠 테니 너는 모르는 척하고 그 자리에 가 있어!"
"주인이…… 주인이 오면 어쩌려고?"
은철이는 약간의 유혹을 느끼면서 부들부들 떨리는 입술로 물었다.
"모른다고 하면 되지……."
"그래도, 그런 거짓말을 어떻게 하니?"
"야, 이 바보야! 모른다고 버티면 된대도 그래! 모른다는데 가방 주인이 어떡할 수 있어?"
"그래도…… 그래도…… 그런 거짓말을 어떻게……."
은철이의 마음이 점점 약해지기 시작했다. 돈 3만 원만 있으면 은철이는 오빠로서 책임을 다할 수가 있다. 그처럼 철석같이 장담했던 약속을 끝내 저버리지 않으면 안 될 자기의 무능함을 은주에게 보이고 싶지 않았다.
은철이는 지난 여름만 해도 방직공장에 다녔으나, 그 공장이 망하게 되어 더 이상 일을 할 수 없게 되자 하는 수 없이 구두닦이로 나섰다. 그 동안 은철이는 야학에 다니던 것도 그만두고 오로지 은주의 입학금을 마련하기 위해 제대로 먹지도 않고, 입을 것도 제대로 입지 않고 푼푼이 1만 원쯤 모았다. 은철이는 나머지 2만 원을 장만하기 위해 어머니와 의논한 결과, 돈암동 언덕 위에 까치둥지처럼 널빤지로 지어진 자기 집을 팔고, 바로 그 밑에 방공굴을 사서 살 생각으로 며칠 전부터 집을 내놓았다.

은철이는 3만 원에 집을 팔고 1만 원에 방공굴을 사면 2만 원이 남을 테니까, 그 동안 모아 두었던 1만 원을 합하여 은주의 입학금을 낼 생각을 하고 있었다. 그러나 그 일조차 쉽사리 되지 않아서 빨리 집이 팔리기만 기다리고 있는 사이, 은주의 입학식 날이 내일로 다가온 것이다.

은철이의 몸이 부들부들 떨리기 시작했다. 그것은 은철이의 마음이 약해진 탓이다. 눈앞에 있는 돈에 대해 검은 마음이 생긴 증거였다.

"자아, 어서 내 말대로만 해! 단성사 앞에서 기다릴 테니, 신사가 왔다가 돌아가거든 그리로 와! 그러면 이 돈 절반을 네게 줄게!"

그러나 은철이는 대답을 못하고, 가슴이 콩닥콩닥 뛰기만 했다. 불길처럼 일어나는 돈에 대한 욕망과 그 욕망을 억누르려는 정의의 채찍, 그 두 마음 사이에서 은철이는 어쩔 줄을 모르고 바들바들 떨고 있었다. 그러나 아무리 생각해도 그건 옳은 일이 아니었다.

"안 된다! 안 돼!"

은철이는 이렇게 외치면서 봉팔이의 손으로부터 손가방을 빼앗으려고 달려들었다.

"이리 내놔! 어서 그 가방을 이리 내놔!"

"이 바보 같은 자식이!"

그 순간 봉팔이는 고함을 치면서 은철이의 턱을 갈겼다. 은철이는 비틀비틀 쓰러지려는 몸을 간신히 지탱하며 봉팔이에게 달려들었다.

"그 가방을 내놔! 그건…… 나쁜 짓이야!"

이리하여 두 소년은 가방을 사이에 두고 무서운 싸움을 벌였다. 그러나 은철이의 힘으로는 자기보다 두 살이나 위인 봉팔이를 당해 낼 수가 없었다.

마침내 은철이는 봉팔이에게 깔려 땅에 나동그라졌다. 깨알곰보 봉팔이는 은철이의 배 위에 말을 타듯이 올라탔다. 그러고는 깨져 나간 벽돌장을 움켜쥐고 은철이를 향해 내리치려다가 문득 손을 멈추며 나지막이 말했다.

"네가 계속 달려들면 이 벽돌장으로 네 머리를 부서뜨리고 말 테야, 알겠니? 알았으면 잠자코 네 자리로 돌아가!"

그러면서 봉팔이는 은철이를 잡아 일으켜 힘껏 등을 떠밀었다. 그 순간, 은철이는 봉팔이가 옆구리에 끼고 있던 가방을 재빨리 빼앗아 쏜살같이 전차 정류장으로 달렸다.

"저 자식…… 저 바보 같은 자식이……."

붉으락푸르락하며 뒤를 따라오던 깨알곰보는, 사람의 눈이 수없이 많은 큰길이라 하는 수 없이 발걸음을 멈추었다.

6 _ 악마의 속삭임

가방을 옆구리에 꽉 끼고 전차 정류장으로 씩씩거리면서 달려온 은철이는, 쭉 줄을 늘어선 사람들의 얼굴을 하나씩 쳐다보면서 가방의 주인을 찾았다. 그러나 벌써 전차를 타고 떠났는지 중년 신사의 모습은 보이지 않았다.

은철이는 쭉 늘어선 줄을 세 번이나 왔다갔다하면서 찾았으나 가방 주인은 좀처럼 보이지 않았다.

'이제 어떡하지?'

은철이는 우두커니 서서 가만히 생각했다.

'이대로 가지고 있다가 가방 주인이 찾아오면 돌려주자.'

그러나 봉팔이가 옆에 앉아 있는 자기 일터로 가기는 싫었다. 그래서 은철이는 사람들 틈에 서서 신사가 가방을 찾으려고 자기 일터로 다시 오기를 멀찌감치 바라보며 기다리기로 했다. 신사가 보이기만 하면 쫓아가서 가방을 돌려줄 생각이었다.

그러나 5분이 지나고 10분이 지나도 신사는 나타나지 않았다.

'어떻게 된 걸까? 가방을 잃어버린 걸 아직도 모르고 있는 걸까?'

은철이는 점점 마음이 초조해졌다.

바로 그 순간, 은철이의 마음속에 무서운 악마의 속삭임이 들렸다.

'이렇게 많은 지폐 뭉치 중에서 두 뭉치만…… 두 뭉치만 살짝 꺼내도 모르지 않을까?

잠깐 그런 생각이 들었다.

'두 뭉치만…… 두 뭉치만 있으면 내일부터 은주를 중학교에 보낼 수 있을 텐데! 아아, 2만 원, 2만 원만 있으면…….'

은철이는 그런 생각을 하며 재빨리 사방을 돌아보았다.

아까 골목 안에서 깨알곰보 봉팔이가 한 말이 은철이의 착한 마음을 흔들기 시작했다.

오늘날까지 단 한 번도 그런 나쁜 생각을 가져 보지 못한 착한 소년 은철에게 만일 봉팔이 같은 불량한 친구가 없었다면, 그는 이런 무서운 생각은 하지도 못했을 것이다.

"친구를 사귀려면 좋은 친구를 사귀어라……."

학교 선생님이 항상 말씀하시던 이 한마디가 지금 은철이의 행동에서 충분히 증명된 것이다.

'두 뭉치만 있으면 은주가 중학교에 갈 수 있다. 두 뭉치만…… 두 뭉치만 있으면…….'

봉팔이의 말이 무슨 나쁜 귀신처럼 은철의 마음에 붙어서 떨어지지 않는다.

'모른다고 하면 되지 뭐.'

봉팔이의 말을 은철이는 그대로 되풀이하기 시작했다.

'그러나 나는 봉팔이처럼 아주 가지려는 것이 아니다. 두 뭉치만 얼마 동안 빌려 쓰려는 거다. 집을 팔아서 방공굴을 사면 2만 원이 남으니

까, 그 때까지만 잠깐 빌려 쓰자! 잠깐······.'

은철이는 마침내 가방 속에 슬그머니 손을 넣어 1만 원짜리 지폐 뭉치 두 개를 독수리처럼 움켜쥐었다.

그러나 독수리처럼 움켜쥐기는 했으나 손이 자꾸만 떨려서 견딜 수가 없었다. 다리가 자꾸 휘청거리고 눈앞이 아찔해졌다.

'누구, 보는 사람이 없나?'

은철이는 고개를 돌려 주위를 돌아보았다. 전차를 타려고 바글바글 모여드는 수많은 사람들이 득실거렸으나, 아무도 은철이의 행동을 수상히 보는 사람은 없는 것 같았다.

그래서 은철이는 가방을 열고 얼른 지폐 두 뭉치를 꺼내 자기 주머니에다 쑥 집어넣고는 가방을 다시 잠갔다. 가방에서 두 뭉치를 꺼냈어도 워낙 퉁퉁하게 배가 불러 있어 겉으로 보아서는 아무런 흔적도 없었다.

'혹시 보는 사람 없나?'

몸도 떨리고 마음도 떨렸다. 나쁜 짓이 이렇게 힘든 일인 줄은 정말 몰랐다.

은철이는 사람들 틈 사이로 멀리 자기가 앉아 있던 일터를 바라보았다. 어찌 된 일인지 봉팔이의 모습이 보이지 않았다. 그러나 은철이는 바로 그 때, 깨알곰보 봉팔이가 자기의 행동을 매서운 눈초리로 바라보고 있을 줄은 꿈에도 몰랐다.

"흥, 저 자식 봐라!"

전봇대 뒤에 숨어서 엿보는 봉팔이의 매서운 눈초리가 반짝반짝 빛나며, 입가에는 음흉한 미소가 지어졌다.
바로 그 때였다. 한 대의 택시가 돈암동 쪽에서 쏜살같이 달려오더니 은철의 일터 앞에서 브레이크 소리를 우렁차게 내며 우뚝 멈추어 섰다.
"끼익!"
차 문이 열리더니 한 신사가 황급히 뛰어내렸다. 그 사람은 틀림없는 가방의 주인이었다.
"아, 저 분이다!"
은철이는 가방을 꽉 껴안고 길을 건너 신사 옆으로 뛰어갔다. 뛰어가는 은철이의 뒤를 그 때까지 전봇대 뒤에 숨어 있던 깨알곰보 봉팔이가 입가에 빙글빙글 수상쩍은 웃음을 띠면서 천천히 따라갔다.

7_가방을 되찾은 신사

택시에서 내린 신사는 헐레벌떡 은철이의 일터로 달려갔다.
"여기 앉았던 소년은 어디로 갔지?"
신사는 이렇게 외치면서 은철이의 일터를 가리켰다.
쭉 늘어앉은 소년들 가운데 은철이와 봉팔이의 자리만이 텅 비어 있었다. 신사는 얼굴빛이 핼쑥해졌다. 가방을 가지고 두 소년이 도망친 것으로 믿었기 때문이다.
바로 그 때였다. 누군가 신사를 부르는 소리가 들렸다.
"아저씨, 가방 잊으셨지요? 이 가방!"
신사는 뒤를 홱 돌아보았다. 은철이가 가방을 가슴에 안고 뛰어오고 있었다.
"오오, 내 가방!"
조금 전까지도 잃어버린 줄 알았던 손가방을 본 순간, 신사는 너무나 기뻐서 눈물이 핑 돌았다. 신사는 감격한 얼굴로 가방과 함께 은철이의 몸뚱이를 끌어안았다.
"아저씨가 이 가방을 잊고 가신 것을 알고 곧 전차 정류장으로 달려갔어요."
두근거리는 가슴을 간신히 억제하면서 은철이는 말했다.
"너는 정말 착한 소년이다! 사실 전차를 타려다가 마침 빈 택시가 오기에 그걸 타고 갔었지."
신사는 기쁨이 넘쳐 흐르는 얼굴로 소년의 손에서 가방을 받아들었다.
"오오, 내 가방…… 하마터면 큰일날 뻔했다!"
신사는 가방이 무사히 자기 손에 돌아온 것이 정말 꿈처럼 신기했다.
그러나 은철이는 다리가 후들거리고 가슴이 두근거려 견딜 수가 없었다.
"너는 참 착한 소년이구나. 네 이름이 뭐냐?"
신사는 은철이의 손목을 정답게 잡으며 부드러운 목소리로 물었다.
"은철…… 서은철입니다."
은철이의 목소리가 약간 떨려 나왔다. 자기가 2만 원을 빼낸 것도 모르고, 신사가 착한 소년이라고 칭찬해 주는 것이 두려웠다. 마음이 아팠다. 양심이 부끄러워 머리를 들 수가 없었다. 은철이는 차라리 2만 원을 주머니에서 꺼내 놓고 엉엉 목놓아 실컷 울고 싶었다.
'나는 도둑이에요! 나는 죄인이에요! 나는 나쁜 사람이에요!'
그러나 그와 같은 양심의 소리와 함께 마음속에선 악마의 소리가 또 다시 들려왔다.
'아냐, 나는 이 돈을 훔친 게 아냐. 얼마 동안만…… 그래, 한 달 동안만 이 돈을 빌리는 거야!'
은철이의 마음속에 그런 고민이 있는지 꿈에도 모르는 신사는 그저 가방을 찾은 것이 너무 기뻐서, 가방을 열자마자 돈이 제대로 있는지 세어 볼 생각도 않고 그 중 1만 원짜리 한 뭉치를 꺼내 은철에게 내주었다.

"고맙다. 너 같은 소년만 있다면, 이 세상에는 법도 필요 없고 경찰도 필요 없을 거야. 자아, 이건 얼마 안 되지만, 너의 착한 행동에 대한 이 아저씨의 고마움의 표시다. 받아 두어라."

"아…… 아저씨, 저는…… 저는……."

은철이는 짧게 외치면서 손으로 신사가 내주는 돈 뭉치를 떠밀었다.

"저는 그걸 받을 수가 없습니다. 저는 그 돈이 필요 없습니다."

그렇지 않아도 양심의 가책을 받고 있던 은철이로서는 신사의 행동이 정말 황송한 일이었다. 그래서 그는 당황하며 한사코 거절했다. 그러자 신사는 더한층 감동한 얼굴로 소년의 겸손한 마음씨를 칭찬했다.

"너야말로 요즈음 보기 드문 착한 소년이다. 아니, 너는 착할 뿐 아니라 훌륭한 소년이다! 아저씨가 이대로 돌아가기는 너무 서운하니까, 어서 이 돈을 받아라."

신사는 굳이 사양하는 은철이의 주머니 속에 재빨리 돈 뭉치를 넣어 주고는 사람들 사이로 총총히 사라졌다.

"아, 아저씨, 안 됩니다! 이 돈을 가지고 가세요!"

은철이가 사람들을 헤치고 신사의 뒤를 따라가려는데, 은철이의 팔목을 붙잡는 손이 하나 있었다.

"떠들지 마!"

봉팔이는 무서운 얼굴로 명령하듯이 말했다.

"아니야, 빨리 이 팔을 놔! 저 분을 놓쳐 버리면 안 돼!"
은철이는 소리를 높여, 이미 그 자리를 떠나 버린 신사를 불러 댔다.
"아저씨, 아저씨! 가지 말고 잠깐만 기다리세요! 아저씨, 잠깐만……."
그러나 신사는 벌써 저만큼 걸어가서 택시가 오기를 기다리며 사방을 두리번거리고 있었으므로, 은철이의 목소리를 듣기 어려웠다.
"빨리 날 놓아 줘! 저 분을 놓치면 큰일이야!"
은철이는 봉팔이의 손에서 빨리 벗어나 신사의 뒤를 쫓으려고 애썼다.
"이 자식아! 이리 와!"
봉팔이는 아까처럼 은철이의 멱살을 잡고 골목으로 끌고 들어갔다.
"너, 앙큼한 짓 곧잘 하더라! 누가 모를 줄 아냐? 두 뭉치를 몰래 훔친 자식이 뭐 어째? 그냥 주는 한 뭉치는 못 받겠다고?"
순간 은철이는 눈앞이 아찔해졌다.
"한 뭉치는 네가 갖고 두 뭉치는 이리 내놔! 그렇지 않으면 알지? 너는 내 말 한마디면 오늘 밤부터 유치장 신세야. 감옥살이라고!"
봉팔이는 무서운 얼굴로 은철이를 협박하기 시작했다.
그러나 그 순간, 은철이는 혼신의 힘을 다해 자기의 멱살을 잡은 봉팔이의 팔목을 뿌리쳤다.
"이 자식이…… 이 도둑놈의 자식이!"
마침내 두 소년 사이에는 아까처럼 또다시 무서운 격투가 벌어졌다. 때리고 차고 받고 물고……. 그러나 은철이는 도저히 봉팔이의 힘을 당해 낼 수가 없었다. 은철이는 또다시 땅 위에 깔려 넘어졌다. 봉팔이는 깨져 나간 벽돌을 한 개 집어들어, 은철이의 얼굴을 향해 내리치려고 손을 번쩍 들었다.

8 _ 신문에 넣은 쪽지와 돈 뭉치

바로 그 때였다.

신문을 다 팔고 전차 정류장으로 걸어오던 은주와 민구가 골목 안에서 벌어진 이 광경을 보게 되었다.

"앗, 오빠가!"

은주는 다람쥐처럼 달려가, 지금 막 은철의 면상을 갈기려는 봉팔이의 벽돌 든 손목을 재빨리 붙잡았다.

"누구야?"

은철이의 배 위에 말 타듯이 올라탄 봉팔이가 고함을 치면서 뒤를 돌아보았다.

"요 계집애가!"

봉팔이가 손을 휙 내젓는 바람에 은주의 몸은 지푸라기처럼 나자빠지고 말았다.

"민구 오빠, 빨리 우리 오빠를 좀 도와 줘!"

은주가 민구에게 애원하듯이 외쳤다. 그러나 벌써 민구는 봉팔이를 향해 비호처럼 날아 들어가고 있었다.

"이 자식이, 사람을 벽돌로 쳐?"

민구는 봉팔이의 손목을 입으로 물어뜯었다.

"아야!"

봉팔이는 하는 수 없이 벽돌을 내던졌다. 그러는 사이에 은철이는 재빨리 땅에서 일어나고, 싸움은 봉팔이와 민구 사이로 옮겨갔다.

"민구야! 미안하지만 잠깐만 그 자식을 붙잡고 있어라! 자세한 이야기는 나중에 할 테니……."

은철이는 쏜살같이 골목을 빠져나와 사람의 물결을 헤치면서 신사가 사라진 쪽으로 달음박질했다. 그러나 벌써 신사는 지나가는 택시를 잡아 타고 돈암동 쪽을 향해 달리기 시작할 무렵이었다.

'앗, 이 일을 어쩌나? 저 분을 놓치면 큰일이다! 저 분이 누군지, 어디서 사는지 알아야 해.'

은철이는 마음속으로 이렇게 부르짖으면서 때마침 앞을 지나가는 택시 한 대를 멈추어 탔다.

"운전사 아저씨, 미안하지만 지금 저 앞에 가는 택시를 놓치지 말고 따라가 주세요! 돈은 얼마든지 드릴 테니, 저 차를 계속 따라가 주세요!"

은철이는 택시 운전사에게 애원하듯 말했다. 그 차를 놓치는 날에는 영원히 한 사람의 죄인으로 살아야만 하는 것이다. 또한 그 신사가 누구인지 모른다면 은철이는 자기가 훔친 2만 원이라는 돈을 갚으려고 해도 갚을 방법이 없었다. 그러므로 은철이는 무슨 일이 있더라도 신사를 놓쳐서는 안 되었다.

택시는 이윽고 창경궁을 지나 혜화동 골목으로 접어들었다.

"운전사 아저씨! 너무 바싹 따라가지 말고 이제부터는 천천히 따라가 주세요."

골목 안에서는 차가 빨리 달리지 못했다. 두 대의 택시가 약 100미터의 간격을 두고 천천히 혜화초등학교 앞을 지나 성북동으로 넘어가는 길의 끄트머리에 다다랐을 때, 앞선 차가 어떤 호화로운 2층집 앞에서 멈추었다.

"운전사 아저씨, 여기서 멈추어 주세요."

은철이가 탄 택시도 멈추었다. 가만히 바라보니 차에서 내린 신사는 운전사에게 요금을 주고 나서는 그 호화로운 양옥집 안으로 성큼성큼 걸어 들어가고 있었다.

"고맙습니다. 아저씨, 얼마인가요?"

"500원인데, 그냥 400원만 내거라."

"네, 고맙습니다."

은철이가 택시를 타 본 것은 이번이 처음이었다. 요금을 내고 은철이는 차에서 내렸다. 옅은 황혼이 혜화동 일대를 덮기 시작했다.

은철이는 주춤주춤 양옥집으로 걸어가서 대문에 붙은 문패를 쳐다보았다. 문패에는 '이창훈' 이라고 쓰여 있었다.

은철이는 문 틈으로 넓은 정원을 들여다보았다. 정원에는 무성한 수목이 있고, 화초가 만발한 화단이 있고, 수목 사이에는 한 개의 벤치까지 놓여 있었다. 귀를 가만히 기울이니 양옥 2층에서는 피아노 소리에 맞추어 소녀의 귀여운 노래 소리가 흘러나오고 있었다.

"아, 저 노래는 은주가 잘 부르는, 홍난파 선생님의 〈봉선화〉가 아닌가!"

그렇다. 그것은 그 유명한 곡조 '울 밑에 선 봉선화야' 로 시작되는 처량하기 그지없는 노래였다. 일제 시대에는 줄곧 금지를 당했던 어여쁘고도 구슬픈 노래, 삼천만 민중의 심금을 울린 그 유명한 노래를 은주는 지난번 초등학교 학예회에서 부른 후에 우레와 같은 박수 갈채를 받았었다.

그리고 때마침 그 날 내빈으로 참석했던 음악 평론가 신채영 선생이 은주의 머리를 쓰다듬어 주면서, 특별히 극찬을 했었다.

"참 훌륭한 소질을 가진 소녀다. 잘만 하면 너는 훌륭한 성악가가 될 것이다."

유명한 음악 평론가로 알려진 신채영 선생은 그 날 은주의 천재적 재능을 칭찬해 주었다.

'아아, 은주가 이런 집에서 태어났다면 얼마나 좋을까!'

이런 생각을 하며 은철이가 멍하니 2층을 쳐다보고 있을 때, 피아노 소리가 흘러나오는 창으로 일곱 살쯤 된 초등학생이 머리를 내밀고 아래를 내려다보며 소리쳤다.

"아, 아버지!"

"오, 영민이냐?"

신사가 집 안으로 들어서며 말하는 소리가 들렸다.

"아버지, 나 오늘 누나하고 택시 타고 종로 나가서 공책이랑 연필이랑 많이 사 왔어요."

"택시? 누가 택시를 타고 다니랬어?"

신사는 엄한 목소리로 말했다.

"누나가 자꾸만 타자고 해서 탔어요. 난 전차 타고 오자는데 누나가 자꾸만……."

"틀림없이 그랬을 거다. 영란이, 거기 있느냐?"

"네, 있어요."

대답 소리와 함께 피아노 소리가 뚝 멎으며, 열너더댓 살 된 소녀의 목소리가 들렸다.

만일 은철이가 서 있는 대문 밖과 지금 두 남매가 얼굴을 내밀고 있는 2층 사이의 거리가 조금만 가까웠더라면, 은철이는 거기서 자기의 동생 은주와 똑같이 생긴 얼굴을 발견하고 깜짝 놀랐을 것이다.

9 _ 양심의 소리

"영란아, 넌 왜 아무것도 모르는 어린 동생을 꾀어서 택시를 타고 다니는 거냐, 응?"
신사가 꾸중을 하자, 영란이는 얼굴이 샐쭉해지면서 영민이의 머리를 주먹으로 한 대 쥐어박았다.
"넌 택시 타자고 안 그랬니?"
영란은 동생을 나무랐다.
"누나가 자꾸만 타자니까 탄 거지. 아버지한테 꾸중 듣는다고 하니까, 잠자코 있음 된다고 그런 건 누나잖아."
영민은 입을 한 번 삐죽거리면서 대답했다.
"벌써부터 그런 버릇 들이면 못쓴다. 영란인 아무래도 건방져서 못쓰겠어."
"아이참, 아버지도. 단돈 100원이 그렇게도 아까우세요?"
"돈이 아까운 게 아니야. 초등학생이 벌써부터 택시를 타고 다니다니, 그러다가 어른이 되면 비행기를 타야 할 게 아니냐?"
"저는 초등학생이 아니에요. 내일부터는 중학생인데 뭘 그러세요?"
그러다가 영란은 갑자기 무슨 생각이 난 듯이 외쳤다.
"아참, 아버지! 오늘 이상한 일이 있었어요! 글쎄, 아까 자동차 안에서 말이에요. 아버지, 빨리 들어오세요!"

"이상한 일이라고? 그래, 어디 들어 보자. 나도 오늘 밤 너희들에게 재미있는 이야기를 하나 해주마."
영민이는 좋아서 손을 내저으며 아버지 옆으로 다가갔다.
"아이 좋아! 아버지, 옛날이야기예요?"
"아니다. 오늘 거리에서 생긴 일이야. 아주 재미있고 훌륭한 소년의 이야기다."
그러면서 신사는 어둑어둑한 현관 안으로 들어갔다. 2층에 나타났던 두 남매의 조그만 얼굴들도 사라졌다.
'이창훈, 이창훈!'
은철이가 마음속으로 신사의 이름을 되새기는 바로 그 때, 신문을 배달하는 학생이 그 집 앞에 멈추어 서서 대문에 있는 우편함 안에다 신문을 끼워 넣고 가는 것이 보였다. 그런데 우편함이 작아서 신문지 뒷부분이 채 들어가지 못하고 삐죽 밖으로 나왔다.
그것을 보는 순간, 은철이는 무슨 생각이 났는지 주머니에서 조그만 수첩과 연필을 꺼내 들었다. 그러고는 길가에 쭈그리고 앉아서 수첩에다 다음과 같이 썼다.

선생님, 오늘 밤 선생님께서는 가방을 열어 보시고 1만 원짜리 두 뭉치가 없어진 사실을 발견하고 깜짝 놀라실 것입니다. 그 모습을 생각하면, 저는 가슴이 찢어지게 아프고 부끄러워 얼굴에 불이 붙는 것 같습니다.

선생님, 그 두 뭉치의 돈은 제가 가졌습니다. 제가 몰래 훔쳤습니다. 선생님, 선생님의 그 놀라시는 얼굴이 제 눈에 보이는 것 같습니다. 저를 꾸짖어 주십시오. 저는 도둑놈입니다. 저를 때려 주십시오. 저를 감옥으로 보내 주십시오. 그런 줄도 모르시고 선생님께선 저를 착한 소년이라고 칭찬해 주셨습니다.

하늘은 악한 자를 벌하신다고 했습니다. 저 같은 나쁜 놈을 아직껏 벌 주지 않고 그대로 내버려두는 것이 이상합니다. 그러나 선생님, 저에게 말 못할 사정이 있사오니 한 달만 기다려 주십시오. 무슨 일이 있더라도 한 달 후에 선생님의 돈 2만 원을 꼭 돌려 드리겠습니다.

그 때는 선생님의 처분대로 경찰서든 감옥이든 어디든지 끌려가겠습니다. 그러니 선생님, 그 때까지만 참아 주십시오. 그런 나쁜 놈인 줄도 모르고 선생님이 감사하다고 하시면서 저에게 주신 1만 원을 어떻게 제가 뻔뻔스럽게 받을 수가 있겠습니까? 그래서 저는 그 1만 원을 선생님께 다시 돌려 드리니, 받으십시오.

서은철 올림

조그만 수첩에다 연필로 또박또박 글을 쓴 후에 은철이는 그것을 찢어 냈다. 그러고는 우편함에 삐죽 꼬리를 내민 신문을 끄집어 내고 1만 원과 함께 편지를 신문지에 쌌다. 은철이는 그것을 다시 우편함에다 밀어 넣었다.

어느새 해는 저물어 혜화동 일대에는 짙은 어둠이 깔리기 시작했다.

그 캄캄한 어둠의 장막을 온몸으로 헤치면서 주머니에 2만 원이 들어있는 윗도리를 꽉 잡고 은철이는 빠른 걸음으로 달음박질을 쳤다.

10 _ 어딘가 이상한 오빠

은철이가 신사의 뒤를 따라갈 수 있었던 것은 민구의 덕택이었다. 민구는 비록 장난이 심해서 아이들을 곧잘 울리곤 하지만, 본바탕이 나쁜 아이는 아니었다. 심술궂은 편이지만 성질이 아주 단순했다.
그러나 민구는 열일곱, 깨알곰보 봉팔이는 열아홉 살이다. 아무리 기를 써 봤댔자 봉팔이를 당해 낼 수가 없어서 민구는 마침내 나자빠지고 말았다.
"어머나, 민구 오빠!"
넘어진 민구를 은주는 달려가서 잡아 일으키며 외쳤다.
바로 그 순간, 몸을 일으킨 봉팔이는 민구의 따귀를 무섭게 내갈겼다.
"이 자식! 너 때문에 도둑을 놓쳤잖아! 너도 은철이와 같이 붙잡혀 갈 줄 알아라!"
봉팔이가 눈알을 희번덕거리며 소리치자 민구와 은주는 깜짝 놀랐다.
"뭐, 은철이가 도둑이라고?"
"그래, 남의 가방에서 돈을 훔쳤으면 도둑이지 뭐야?"
"그럴 리가!"
은주는 소스라치게 놀라며 입을 딱 벌렸다.
"오빠가 남의 돈을 훔치다니…… 그럴 리가……그럴 리가 없어!"
하늘이 무너질 것 같다는 말은 이런 상황을 두고 하는 말인 것 같았다.

"그럴 리가 없어! 우리 오빠는 세상에 둘도 없이 착한 오빠야."
은주는 주먹을 부르쥐고 봉팔이에게 대들었다.
"알지 못하면 잠자코 있어! 신사의 가방에서 2만 원을 꺼낸 게 누군 줄 알아?"
은주는 분해서 견딜 수가 없었다. 오빠가 돈을 훔쳤다니, 하늘같이 믿고 있던 오빠가 아니었던가! 은주의 눈에서는 자신도 모르는 사이에 눈물이 핑 돌았다.
"아니야. 은철이는 그런 나쁜 애가 아니야!"
"따악!"
민구가 은철이를 편들자 봉팔이의 손이 또 한 번 민구의 따귀를 갈겼다.
"내일 보자. 내일이 되면 모든 것이 밝혀질 거야. 경찰에게 잡혀가서 자백을 하나 안 하나, 두고 보면 알 것 아냐?"
봉팔이는 그렇게 말하며 민구를 땅 위에 탁 밀어 버렸다.
은주와 민구는 하는 수 없이 은철이의 구두 닦는 도구를 챙겨 가지고 돈암동행 전차를 탔다.
"은주야, 울지 마. 은철이는 절대로 그럴 아이가 아니라는 걸 내가 잘 아니까, 염려 마."
민구는 은주를 위로했으나 은주의 눈에서는 자꾸만 눈물이 흘러내렸다.
"아무래도 오빠가 무슨 일을 저지른 것 같아! 그렇지 않으면 오빠가 왜 도망을 쳤을까?"
"응, 그게 좀 이상하긴 하지만…… 하여튼 집에 가서 물어보도록 하자."

은주와 민구는 삼선교 역에서 내려 오른편으로 개천을 끼고 한참 걸어가다가 언덕길을 올라갔다.

그 언덕에는 일제 시대에 방공굴로 팠던 구멍이 삥 돌아가며 예닐곱 개 뚫려 있었다. 그러나 지금 그 방공굴에는 모두 사람이 살고 있었다. 가마니를 붙여 놓은 문 틈으로 가느다란 불빛이 새어 나왔다.

"저녁 먹고, 너의 집에 갈게."

민구가 그렇게 말하면서 세 번째 방공굴로 어슬렁어슬렁 걸어 들어갔다.

바로 그 민구네 방공굴 옆으로 좁다란 길이 언덕 위로 하나 뻗어 있다. 그리고 그 길이 뻗어 올라간 언덕 위에는 판잣집이 세 채 서 있다. 그 세 채 가운데 한 채가 은주네 집이다.

방 한 칸, 마루 한 칸, 부엌 한 칸이 있는 집이다. 어두컴컴한 부엌에서 인기척이 났다.

"오빠야?"

은주는 부엌을 들여다보았다.

"오, 은주냐?"

뜻밖에도 그것은 방 안에 누워 계셔야 할 어머니의 목소리였다.

"아니!"

은주는 소스라치게 놀랐다.

"어머니, 왜 또 부엌에 나오세요?"

은주는 눈시울이 젖는다.

"나는 괜찮다. 배 많이 고프지?"
어머니는 성냥개비같이 가는 장작불을 냄비 밑에서 살리고 있었다.
"어머니, 몸도 챙기지 못하시면서 부엌엔 왜 나오세요? 어서 들어가 누우세요. 제가 일이 좀 있어서 늦었어요."
은주는 어머니의 지극한 정성이 고맙고 가여워서 어머니를 아궁이 앞에서 잡아 일으켰다.
"글쎄, 한 번만 내가 밥을 끓여 보자꾸나! 한 달째 가만히 누워서 너희들만 자꾸 부려먹으니, 어린 몸이 얼마나 힘들고 고생스럽겠니!"
"어머니도 참…… 괜히 그런 쓸데없는 생각 마시고 얼른 들어가 누우세요."
은주는 억지로 어머니를 끌고 방으로 들어가서 자리에 모셨다.
"제가 늦은 것은 잘못이에요. 다음부터는 꼭 일찍 돌아올게요. 어머니, 시장하셨지요?"
"아니다, 너희들이 시장하지. 나야 가만히 누워만 있는 사람이니 시장할 리가 있니? 오빠는 아직도 안 왔느냐?"
"네."
은주는 짧게 대답하고 부엌으로 나갔다. 아궁이 앞에 쪼그리고 앉아 장작을 지피면서 아직도 돌아오지 않은 오빠를 골똘히 생각해 보았다.
'무슨 일이 생긴 게 분명해!'
은주는 오빠가 자꾸만 걱정스러워졌다.
밥을 안치고 나서 은주는 된장을 풀어 호박찌개를 끓이고 밥상을 차렸다. 등잔불을 켜고, 은주는 어머니 앞에 밥상을 가져왔다.
"어머니, 어서 드세요."
"그래, 너도 같이 먹자. 그런데 은철이가 너무 늦는구나!"
"곧 돌아오겠지요."
그 때 문 밖에 발자국 소리가 나며 은철이가 돌아왔다.
"너 늦었구나!"
"네, 조금 늦었습니다. 어머니, 좀 어떠세요?"
"그저 그만그만하다. 어서 저녁 먹어라."
"네."
그러면서 은철이는 동생 은주의 얼굴을 흘끗 쳐다보다가 그만 마음이 찔리는지 시선을 무릎 위에 떨어뜨렸다. 은주는 잠자코 밥을 먹으면서 때때로 오빠의 얼굴빛을 가만히 살폈다. 아무래도 어딘가 좀 이상했다.

11_서글픈 거짓말

은주는 깜박 잊었던 신기한 사실—낮에 자동차 안에서 본 자기와 똑같이 생긴 그 여학생의 얼굴—이 생각났다.
"아참, 어머니!"
은주는 자신도 모르게 흥분한 목소리로 어머니를 쳐다보았다.
"어머니, 오늘 참 신기한 일이 있었어요. 글쎄, 저와 똑같이 생긴 얼굴이 이 세상에 또 하나 있어요!"
은주는 어머니와 오빠의 얼굴을 번갈아 바라보았다.
"뭐라고?"
어머니가 숟가락을 떨어뜨리며 얼굴을 들었다.
"글쎄, 제 얼굴과 똑같이 생긴 사람이 있다니까요."
"에이, 거짓말 마!"
그 때까지 잠자코 있던 은철이가 비로소 입을 열었다.
"오빠도 참, 거짓말은 왜 거짓말이야? 내가 두 눈으로 똑똑히 봤는데도 거짓말이래?"
"어디서 봤는지 모르지만, 설마 거울 속에 비친 네 얼굴을 본 것 아니야?"
은철이는 이제 마음이 놓이는지 얼굴에 미소를 띠며 물었다.
그 때 파리하게 여윈 어머니의 얼굴빛이 한층 더 핼쑥해지더니 핏기를 잃기 시작했다.

"너…… 너 그게 정말이냐?"

어머니는 조용하게 물으셨지만, 그 한마디 속에는 숨길 수 없는 어떤 커다란 감정이 숨어 있었다.

"정말이에요. 오늘 종로 4가에서 돈암동 쪽으로 가는 택시 안에서……."

은주는 오늘 낮에 자기가 보았던 그 여학생의 이야기를 쭉 했다. 어머니는 은주의 이야기를 잠자코 듣고 있다가 다시 자리에 누우면서 물었다.

"그래, 그 여학생도 너처럼 깜짝 놀라더냐?"

"네, 서로가 다 깜짝 놀라면서 멍하니 얼굴을 쳐다보고 있는데 자동차가 획 떠났어요."

"음, 그래? 세상에는 참 신기한 일도 다 있지!"

어머니는 벽을 향해 돌아누우며 차분하게 말했다.

"네 말처럼 똑같기야 하려고? 그저 좀 비슷한 데가 있겠지!"

"아니에요, 어머니. 정말 이야기 속에 나오는 쌍둥이처럼 똑같았어요. 그런데 어머니! 저 쌍둥이는 아니죠?"

은주는 엄숙한 표정으로 물었다. 그러자 여전히 저쪽 벽을 향한 채 어머니의 입에서 흘러나온 대답은, 은주의 궁금증을 싹둑 잘라 버렸다.

"애도 참…… 별말을 다 묻지! 네가 쌍둥이면 내가 모르고 누가 알겠니?"

"어머니, 정말 저 속이시는 건 아니지요?"

"얘도 참…… 내가 왜 너를 속이겠니?"
어머니의 대답은 어딘지 분명치가 못하다.
"아니, 어떻게나 예쁜지, 정말 쌍둥이 언니가 있으면 좋겠어요! 요번에 중학교에 입학하나 봐요."
"그걸 어떻게 아느냐?"
"교복이 새것이던데요, 뭐."
"돈이 있는 집 애인가 보지! 택시를 타고 다니는 걸 보니. 후웃……"
어머니는 돌아누운 채 긴 한숨을 쉬고는 나직이 말했다.
"너도 새 옷을 입고 꾸미면 그 애처럼 예쁘질 못하겠니? 돈만 있으면, 학교도 다니고……"
그러자 그 때까지 잠자코 있던 은철이가 번쩍 얼굴을 들면서 말했다.
"어머니!"
"왜 그러냐?"
"은주도 학교에 갈 거예요!"
은철이의 목소리가 힘차게 굴러 나왔다.
"글쎄, 은주가 어떻게 학교에 간다고…… 넌 자꾸 그렇게 우겨만 대면 제일이냐?"
은철이는 똑같은 말을 힘있게 되풀이했다.
"학교까지 걸어만 가는 거냐? 다 가게 만들어 놓아야 가는 거지!"
"어머니, 은주는 학교에 갑니다! 내일부터 학교에 간다고요!"
은철이의 목소리가 너무 컸기 때문에 어머니는 머리를 돌려 아들의 얼굴을 바라보지 않을 수 없었다.
"너, 미쳤니?"
"미치지 않았습니다! 은주는 내일부터 학교에 갑니다. 정말이에요!"
은철이의 음성이 점점 흥분했다.
"어떤 일이 있어도 은주는 내일부터 학교에 갑니다! 동생 하나 학교에 못 보낼 내가 아니에요!"
"글쎄, 학교에 어떻게 보낸다고 큰소리만 치느냐? 난들 네 마음을 모르겠냐만……."
"은주가 학교에 가게 만들어 놓았습니다. 내일부터 은주는 학교에 가기만 하면 됩니다. 은주가 오늘 자기와 똑같은 여학생을 봤다고 하지만…… 그건 은주의 환상입니다! 새로 만든 교복을 입고, 자기와 나이도 비슷한 그 여학생을 보는 순간 은주는 그만 저도 모르는 사이에 그 여학생을 자기 자신처럼 잘못 생각한 거예요. 그렇지 않고서야 이 세상에 똑같은 얼굴이 두 개 있을 리가 없잖아요?"
"으음……."
어머니는 대답을 못했다.
"오빠!"
은주는 오빠를 부르며 은철이의 무릎 위에 얼굴을 파묻고 흑흑 흐느껴 울기 시작했다.
"오빠! 오빠의 마음 다 알고 있어! 나를 그처럼 귀여워해 주고 나를 학교에 보내고 싶어하는 마음, 나도 잘 알아! 그러나 오빠를 나쁜 사람으로 만들면서까지 학교에 가고 싶지는 않아! 학교에 가고 싶은 것도 사실이지만, 오빠를 그처럼…… 그처럼…….”
"응?"
은철이는 놀란 얼굴로 은주의 흐느끼는 두 어깨를 와락 부여잡았다.
"은주야! 너…… 너…… 봉팔이가 뭐라고 그러든?"
"난 다 알아! 난 다 알고 있어!"
그 때 밖에서 민구의 소리가 들렸다. 은철이는 민구를 불러들였다.
"민구야, 거기 좀 앉아."
민구가 앉자 은철이는 천천히 말했다.
"민구야, 오늘은 미안했다. 그러나 봉팔이의 말을 전부 믿어서는 안 돼. 나는 돈 2만 원을 훔친 게 아니야. 그 신사가 잃어버린 가방을 돌려받게 되어 감사의 표시로 내게 준 돈이야. 나는 지금 2만 원이 필요하기 때문에 그것을 받았지만, 내 형편이 좋아지기만 하면 그 돈을 돌려줄 거야. 그래서 그 신사의 뒤를 따라가서 집을 알아 놓고 온 거다."
은철이는 사실 반, 거짓말 반으로 민구와 은주에게 마음에도 없는 서글픈 말을 했다. 그렇지 않으면 은주는 어떤 일이 있어도 학교에 가지 않을 것 같았기 때문이다.
"음, 그러면 그렇지!"
민구도 은철이의 말을 조금도 의심 없이 받아들였다.
"어머! 2만 원을?"
어머니와 은주의 입에서 똑같은 감탄의 말이 흘러나왔다.

12_ 똑같이 생긴 사람은 싫어요

그 즈음 혜화동 영란이의 집에서는 동생 영민이와 어머니, 아버지, 이렇게 네 식구가 화려한 식탁에 둘러앉아 저녁을 먹고 있었다.
아버지는 오늘 돈 가방을 잃어버렸다가 찾은 이야기를 쭉 하고 나서 말했다.
"참 훌륭한 소년 아니냐! 영민이도 커서 그런 소년이 돼야 한다."
그러자 영란이가 냉큼 나서서 입을 삐죽거리며 말했다.
"아니, 아버지도! 영민이가 커서 구두나 닦으러 다니면 좋으시겠어요?"
"그런 뜻이 아니야. 너는 사람이 무슨 이야기를 하면 자꾸 나쁜 것만 골라 내는 버릇이 있어! 구두 닦는 사람이 되라는 게 아니라, 비록 구두를 닦는 사람이 되더라도 그런 훌륭한 행동을 할 줄 아는 사람이 되라는 말이다. 알겠지?"
"알겠어요."
영란이 대신 영민이가 바로 대답했다.
"옳지! 영란이보다 영민이가 더 똑똑하구나."
그 말에 영란이는 한층 더 샐쭉해졌다.
그 때 가정부가, 저녁 신문에 싸인 돈을 한 뭉치 들고 뛰어 들어왔다.
"아유, 이것 좀 보세요! 신문지 속에 웬 돈 뭉치가 들어 있어요!"

"뭐, 돈?"

모두들 놀라 가정부의 얼굴을 멍하니 쳐다보았다.

"어디······."

아버지는 가정부의 손에서 신문지에 싼 돈 뭉치를 받아 쥐었다.

"아, 글쎄 우편함을 열어 보니 저녁 신문 속에 이 돈이 들어 있지 않겠어요? 정말 깜짝 놀랐어요."

어머니도 놀라고, 영란이와 영민이도 놀랐다.

"분명히 만 원짜리 뭉치다!"

아버지는 신문을 펼치다가, 수첩을 찢은 몇 장의 종이 조각에 연필로 쓴 글씨가 가득 쓰여 있는 걸 발견했다.

"아, 이게 뭐지? 가만있자, 이건 무슨 편지 같은데······."

아버지는 소리내어 편지를 읽기 시작했다.

"아, 그랬구나!"

편지를 다 읽고 난 아버지는 말할 수 없는 감동에 찬 목소리로 말했다.

"여보, 서재에 가서 내 가방을 가져와요."

그 말에 어머니는 몸을 일으켜 서재로 가 곧 가방을 가지고 왔다.

아버지는 가방을 열어 보았다. 과연 돈 뭉치 두 개가 없었다.

"음······."

아버지는 깊은 신음 소리를 내면서 영란이와 영민이의 얼굴을 덤덤히 바라보다가 중얼거렸다.

"음, 분명히 무슨 말 못할 딱한 사정이 있구나! 음, 정직한 소년이다!"

"그런데 정말 2만 원을 가져올까요?"
영란이가 아버지에게 물었을 때, 아버지는 서슴지 않고 대답했다.
"물론, 꼭 가져올 거다! 그러나 문제는 돈을 도로 가져오느냐 안 가져오느냐에 있는 게 아니야. 가져오지 않더라도 아버지는 그 애를 조금도 나무라지 않을 거니까. 누구든 이 세상을 살아 나가려면 정말 어쩔 수 없는 딱한 사정에 부딪힐 때가 있는 법이다. 자세한 것은 모르지만, 그 애도 어떤 딱한 사정이 있을 거야."
아버지는 2만 원이라는 돈을 잃어버린 것보다도, 그 소년의 딱한 사정과 행동을 알고는 더욱 감동을 받아 칭찬하는 것이었다.
"웬만한 아이 같으면 아버지께서 주신 만 원까지도 모르는 척하고 받았을 게 아니냐? 그것을 도로 갖다 주는 걸 보니, 참……."
어머니가 그런 말을 했을 때, 영란은 그 때까지 깜박 잊어버렸던 중대한 이야기를 했다.
"아, 그런데 아버지, 나 오늘 나와 똑같이 생긴 아이를 보았어요!"
"뭐라고?"
아버지는 얼른 머리를 들었다. 그 때 어머니가 영란의 말을 받으며 말했다.
"글쎄 여보, 영란이가 오늘 자기랑 똑같이 생긴 아이를 봤대요!"
"아버지, 정말이에요. 나도 봤어요!"
영민이도 신기한 듯이 외쳤다.
"아니, 그게 정말이냐?"

아버지는 깜짝 놀라면서 어머니를 향해 의미 깊은 눈초리를 던졌다.
"정말이에요. 아버지!"
영란은 택시를 탔을 때 만난, 그 허름하게 차려입고 신문 파는 아이의 이야기를 신기하다는 듯이 꺼내 놓았다. 그러자 아버지는 어머니의 얼굴에서 시선을 돌리며, "음—" 하고 또 한 번 깊고도 긴 신음을 내면서 물었다.
"분명히 종로 4가에서 신문을 팔더냐?"
"그럼요! 그런데 아이 더러워, 꼭 거지 같아 보였어요."
어머니와 아버지는 또 한 번 서로의 얼굴을 쳐다보았다. 그 때 영민이가 영란을 돌아보며 말했다.
"옷이 더러우니까 더러워 보이지, 그 누나도 누나처럼 새 옷을 입어 봐!"
"아무리 새 옷을 입는다 해도, 제까짓 게······."
영란은 어쩐지 자기와 똑같이 생긴 아이가, 그것도 더러운 몰골로 이 세상에 또 하나 있다는 사실이 무척 싫었다.
"어머니, 나 쌍둥이 아니죠?"
영란은 눈살을 찌푸리며 물었으나 어머니도 아버지도 대답이 없다. 다만 어머니와 아버지의 얼굴에는 그 어떤 믿을 수 없는 기적을 눈앞에 보는 사람처럼, 일종의 헤아릴 수 없는 놀라움과 기쁨이 구름과 같이 뭉게뭉게 떠돌고 있을 따름이었다.

13_꿈에 그리던 교정

이튿날, 초등학교를 마친 소년 소녀들이 새로운 희망과 아름다운 꿈을 한아름씩 안고 꿈에 그리던 중학교 교문을 처음으로 들어서는 3월 초, 오전 10시의 일이었다.

방송국 마루턱을 한 고개 넘어서면 동신여자중학교 교정의 푸른 잔디밭이 펼쳐져 있고, 군데군데 파랗게 이끼가 낀 벽돌 담벼락에는 푸른 담쟁이덩굴이 고개를 내저으며 기운차게 뻗어 있다. 신입생들에게는 꿈에 그리던 교정, 희망의 나라였다.

어려운 시험에 합격해야만 입학할 수 있는 이 학교에 들어오기 위해, 신입생들은 지난 1년 동안 마음대로 놀지도 못하고 잠도 마음껏 못 자면서 시험 공부를 해 왔다. 바로 오늘의 이 커다란 기쁨을 갖기 위해서였다. 모든 기쁨은 오로지 노력에서만 오는 것이다. 노력 없는 기쁨과 행복은 참된 기쁨일 수 없으며, 가치 있는 기쁨일 수가 없다.

신입생들은 지금 그러한 자기들의 노력에 대한 분명한 결실을 눈앞에 보면서, 앞으로도 끊임없는 노력을 하리라고 마음속으로 굳게 맹세하고 있었다.

"오늘부터 나는 이 학교 학생이 된 거야."

자기들을 바라보는 상급생들의 부드러운 눈동자가 처음에는 약간 무섭기도 하고 수줍기도 하여, 신입생들은 얼굴을 바로 들지 못했다. 어미닭 가운데 병아리가 섞인 것처럼 어색하고 쑥스럽고 부끄럽기만 했다.

은철이가 서무실로 들어가서 입학 수속을 하고 있는 동안에 은주는 잔디밭 한 모퉁이에 외로이 서서 오빠가 나오기만 기다리고 있었다. 오빠에게 끌려 하는 수 없이 따라왔지만, 앓아누우신 불쌍한 어머니를 컴컴한 방 안에 혼자 남겨 두고 자기만 이렇게 화사한 운동장에 서 있는 것이 미안해서 견딜 수가 없었다.

"학교가 다 뭐야! 먹고 살기도 힘든데…… 오빠는 괜히 허영에 들떠서 그러지."

은주는 입속말로 가만히 종알거려 보았다. 짝 잃은 병아리처럼 외로이 서서 종알거려 보는 것이다.

그렇다. 아무리 사방을 둘러보아도 자기처럼 남루한 옷을 입은 학생은 하나도 없었다. 모두들 새로 맞춘 교복을 입고, 새로 산 구두나 운동화를 신었다. 은주는 문득 두꺼비 등처럼 더덕더덕 꿰맨 자기의 운동화를 들여다보았다.

"이 꼴로 학교에 다녀서 뭐해?"

그렇게 중얼거려 보았으나, 아직 어린 은주가 왜 학교에 다니고 싶지 않겠는가. 더구나 남달리 음악에 소질이 있는 은주로서는 그 방면으로 나아가 타고난 재주를 한번 힘껏 길러 보고 싶은 욕망이 불길처럼 일어나기도 했다. 그러나 그것이야말로 은주로서는 먼 허공에 뜬, 한낱 무지개와도 같은 아름다운 꿈일 뿐이었다.

"너, 은주 아니니?"

그 때, 반갑게 외치는 소리가 등 뒤에서 들려왔다. 은주는 깜짝 놀라며 돌아보았다.

"으응, 난 또 누구라고?"

그 애는 은주와 같은 초등학교를 나온 영순이였다. 약간 주책없긴 하지만 마음은 착한 애였다.

"난 네가 학교 그만둔다는 말을 듣고 얼마나 서운했는지 몰라. 너처럼 음악에 재주가 있는 애가 학교를 그만두면 어떡하니, 애?"

영순이는 수선을 떨면서 은주의 손을 잡아 흔들었다.

그러나 은주는 대답 없이 입가에 쓸쓸한 웃음을 지었다. 너무 솔직하게 말해 버리는 영순의 성품을 은주는 잘 알고 있기 때문이다.

"왜, 오늘 같은 날 운동화나 새것으로 하나 사 달라고 하지, 그게 뭐냐?"

영순이는 주책없는 말을 또 하기 시작했다. 그러나 은주는 화를 낼 줄 모른다. 남이야 아무렇게나 하든 네가 무슨 상관이냐고 보통 애들 같으면 발칵 화를 낼 것을, 은주는 빙그레 쓴웃음만 지어 보일 뿐이다.

운동화가 다 뭐냐고, 앓아누우신 어머니를 위해 약 한 첩도 못 지어 드리는 형편인데, 하고 생각하니 은주는 자기를 이런 곳에 억지로 끌고 온 오빠가 자꾸 원망스러워졌다.

"은주야, 학교가 참 좋아. 칡넝쿨이 있고, 잔디밭이 있고……. 잔디밭에 누워서 흰 구름을 쳐다보며 이야기를 나누면 얼마나 좋겠니! 그렇지?"

"응, 좋은 학교야."

은주가 하는 수 없이 대답했을 때, 은철이가 현관에서 뛰어나왔다.

"은주야, 됐다! 모든 수속은 끝났으니, 이제 마음놓고 학교에 다닐 수가 있어! 은주야, 기쁘지?"

은철이는 은주의 손목을 잡고 동생의 기뻐하는 모습이 보고 싶어 은주의 얼굴을 들여다보았다.

그러나 은철이는 그 순간 은주의 눈에서 이슬같이 희고 고운 눈물이 툭 떨어져 내리는 것을 보았다.

"울긴 왜 울어? 응, 은주야?"

"기뻐서…… 오빠가…… 오빠가 너무 고마워서……."

은주는 울다가 이내 눈물을 씻어 버렸다.

"기쁘면 웃어야지, 울긴 왜 우니?"

"너무 기뻐서…… 너무 기쁘면, 눈물이 나온다잖아?"

그러면서 은주는 눈물 젖은 얼굴로 일부러 빙그레 웃어 보였다.

그러나 정말로 고맙기 그지없는 것은 은철이였다.

"그렇지, 그렇게 웃어야 내 마음이 편하지. 자아, 그럼 오빠는 일이 좀 바빠서 그만 가 봐야겠어. 입학식 끝내고 선생님 말씀 귀담아듣고 와."

"오빠, 어디로 가?"

"여기저기 갈 곳이 많아."

"다른 덴 나중에 가고, 우선 집에 들러서 어머니 점심 끓여 드리고 가야 되지 않아?"
어제까지는 은주가 매일 물을 데워 어머니의 점심을 챙겨 드리곤 했던 것이다.
"아참, 하마터면 깜빡 잊어버릴 뻔했구나!"
"그리고, 어머니 베개 밑에 70원을 넣어 두고 왔는데 그걸로 달걀 하나 사다가 미음에 풀어 드려. 어머니 혓바닥이 해져서 너무 짜면 못 잡수시니까, 약간 싱겁게 해야 해."
은주는 어쩌면 이렇게 생각이 깊기도 할까! 어머니에 대한 은주의 그 지극한 효성에 비하면 자기 같은 건 열 명이 합해도 은주 하나를 당하지 못할 것 같아서, 이번엔 은철이 편에서 눈시울이 뜨거워졌다.
"그래! 너 하라는 대로 꼭 할게. 소금은 싱겁게 약간만 칠게. 나는 어머니가 혓바닥이 해진 줄도 몰랐어. 난, 나쁜 오빠야! 용서해라!"
은철이는 은주의 손목을 다정하게 꼭 쥐어 준 후, 은주의 어깨를 귀여운 듯이 툭툭 쳤다.
"그야 오빠가 돈벌이 하느라고 밤낮 밖에만 나가 있으니까 그런 거지, 일부러 몰랐나 뭐?"
"그래, 그래, 네 말이 맞다!"
은철이는 눈물이 쏟아져 나오려는 것을 은주에게 보이고 싶지 않아 획 돌아섰다. 그리고 서너 걸음 걸어가고 있는데, 그 때까지 옆에 서서 두 오누이의 이야기를 재미있다는 듯이 듣고 있던 영순이가 주책없이 한마디 툭 내쏘았다.

"말로만 귀엽다고 그러지 말고, 운동화나 새것 하나 사 줘요!"
아, 영순이의 그 말이야말로 은철의 가슴에 비수처럼 와 닿는 한마디였다.
'그래! 그렇게도 귀엽다고 하면서 동생의 운동화 한 켤레도 사 주지 못하는 바보 같은 오빠가 이 세상에 또 있을까? 나는 바보다! 바보!'
은철이는 마음속으로 그렇게 부르짖으며, 뒤도 돌아보지 못하고 머리를 푹 수그린 채 교문을 향해 쏜살같이 달려갔다.
그 순간 달려가는 은철이의 등 뒤에서 지금까지 들어 보지 못한 은주의 날카로운 목소리가 튀어 나왔다.
"너더러 누가 운동화 걱정을 해 달래? 괜히 쓸데없는 말 하지 말고 잠자코 있어!"
그것은 은주 같은 온순한 아이의 입에서는 도저히 나오리라고 생각조차 못했던 날카로운 한마디였다.
"흥, 듣기 싫으면 그만두렴! 제 생각 해주느라고 그러는데…… 흥!"
영순이는 빈정거리는 말을 남겨 놓고 저 쪽으로 뛰어가 버렸다.

14 _ 하루 사이에 달라진 소녀

이 학교 음악 교사 오상명 선생은 나이는 젊지만 대단히 점잖은 분이었다. 해방 직전 동경 우에노 음악 학교를 졸업하고 중학교 교편을 잡았으며, 작곡에 있어서도 약간은 세상에 이름이 알려진 선생이었다. 오상명 선생은 직원실을 나와 신학기로 활기를 띤 넓은 교정을 한 번 빙 둘러보면서 여기저기 옹기종기 몰려 있는 신입생들의 얼굴을 유심히 살피기 시작했다.
"어제 그 신문 팔던 아이가 학교에 왔을까?"
오 선생은 그렇게 혼잣말을 하면서, 교정으로 내려와 병아리떼 같은 신입생들의 사이사이를 걸어다니며 얼굴을 살폈다. 어제 종로 4가에서 만났던 그 가여운 소녀의 얼굴이 자꾸 눈앞에 어른거려 견딜 수가 없었다.
"어제 저녁 무렵까지도 마련하지 못한 돈을 하룻밤 사이에 마련할 수 있을까?"
그렇게 생각하면서도 무슨 커다란 기적을 바라는 사람처럼, 신문을 팔려고 졸졸 따라다니던 그 기특한 아이가 불쑥 자기 눈앞에 나타날 것만 같아서 오 선생은 이리저리 소녀를 찾아다니는 중이었.
그 때 실로 믿을 수 없는 기적과도 같은 놀라운 사실이 오 선생의 눈앞에 전개되었다.

"오오!"

오 선생은 뭐라고 말할 수 없는 반가운 마음에 조그맣게 탄성을 내뱉었다.

어제 저녁까지도 더덕더덕 꿰맨 운동화와 땀과 때로 찌든 남루한 옷을 입었던 바로 그 신문 팔던 소녀가, 새하얀 비단으로 만든 블라우스에다 줄이 선 감색 교복 치마를 입고 예쁜 자주색 가죽으로 만든 구두를 신고 있지 않은가!

"오오!"

오 선생은 다시 한 번 기쁨의 말을 던지면서 소녀에게로 뚜벅뚜벅 걸어갔다.

"너, 학교에 왔구나!"

거의 부르짖다시피 말하며, 오 선생은 소녀의 손을 반갑게 잡고 흔들었다.

그러자 농구대에 기대어 푸른 하늘을 바라보며 껌을 씹고 있던 소녀가 화들짝 놀라서 씹던 껌을 탁 모래밭에 뱉어 버렸다. 그러고는 의아스러운 표정으로 오 선생을 덤덤히 쳐다보았다.

"그래, 어떻게 갑자기 돈을 마련했느냐, 응?"

오 선생은 또 한 번 소녀의 손을 잡아 흔들었다.

소녀는 어리둥절해서 자기 손을 자꾸만 잡아 흔드는 그 이상한 사람의 얼굴을 벙어리처럼 쳐다만 보다가 잡힌 손목을 홱 뿌리치며 말했다.

"아이, 이 손 놓으세요! 손은 왜 붙잡고 그러세요?"
"응?"
이번에는 오 선생 편에서 어리벙벙해졌다.
"아니, 너 나를 몰라보느냐?"
"몰라요."
"몰라?"
"글쎄, 몰라요."
"허허!"
오 선생은 기가 막혔다. 바로 어제 저녁에 만났던 이 소녀가 대체 무슨 이유로 갑자기 시치미를 딱 떼는 것인지 통 알 수가 없었다. 어제까지 자기가 큰길에서 신문을 팔던 것이 부끄러워서 이처럼 시치미를 떼는 것인지도 모른다고 오 선생은 생각했다.

그래서 오 선생은 더 이상 캐묻지 않기로 결심했다. 자꾸 캐물어서 이 소녀의 자존심을 상하게 할 필요를 느끼지 않았기 때문이었다.

그러나 어제 채 물어보지 못한 이름을 알아볼 생각으로 다시 물었다.
"그래, 네 이름이 뭐지?"
"이영란이에요."
"이영란…… 집은 어디지?"
"혜화동이에요."
"혜화동……."
그러는데 현관에서 종소리가 들렸다.

"자아, 저리로 가서 서라. 담임 선생님들이 너희들 반을 짜려고 하신다."

영란에게 그렇게 말한 다음 오 선생도 현관 앞으로 가서 여러 선생님들과 한데 섞였다.

출석부를 든 세 사람의 담임 선생님이 나와서 신입생들을 세 반으로 나누었다. 은주와 영순이는 1반이 되고, 영란이는 3반이 되었다.

이윽고 1반, 2반, 3반의 순서로 신입생들은 넓은 강당으로 들어갔다. 강당에는 벌써 상급생들이 줄을 지어 기다리고 있었다.

입학식은 곧 시작되었다. 교장 선생님의 훈시와 상급생의 환영사가 있고, 신입생의 답사가 있은 후에 "꽈앙——" 하는 피아노 소리와 함께 이 학교 교가가 울려 나오자, 이윽고 학생들의 제창이 웅장하게 흘러 나왔다.

희망의 노래, 동경의 노래!

그렇다. 이 희망의 노래를 불러 보려고 과거 1년 동안을 노력해 온 신입생들이 아닌가!

신입생의 반은 벌써 교가를 알고 있었다. 그러나 은주는 벙어리처럼 입을 다물고 이 감격에 넘치는 순간에도 컴컴한 방 안에서 신음하고 있는 어머니를 생각하고 있었다.

그와는 반대로, 영란은 한없이 기쁘고 유쾌하기만 했다. 노래를 잘하고 피아노를 잘 치는 영란, 뿐만 아니라 장래에 훌륭한 음악가로서 음악계에 화려하게 나서려는 야심 만만한 영란은 오늘의 이 순간이 제일 기쁘고 유쾌했다. 그래서 지금 강당에서 피아노 반주를 하고 있는 사람이 대체 어떤 사람일까 궁금하여 머리를 갸웃하고 피아노 앞을 둘러보다가 영란은 깜짝 놀랐다.

'아, 아까 그 사람이 아닌가!'

그것은 틀림없이 아까 운동장에 나와서 자기의 손목을 쥐어 잡던 바로 그 사람이었다.

'아, 그 사람이 바로 이 학교 음악 선생님이었구나!'

이제부터 잘 보여 많은 지도와 사랑을 받지 않으면 안 될 음악 선생에게 멋모르고 무례하게 대한 것이 영란은 한없이 뉘우쳐졌다.

'이다음에 만나면 잘해야겠다!'

영란은 마음속으로 그렇게 굳게 결심을 했다.

15_찻길로 뛰어들다

입학식이 끝나자, 신입생들이 홍수처럼 교문을 빠져나가고 있었다. 아이들은 학용품이나 교과서를 사기 위해 짝을 지어 종로나 진고개로 제각기 흩어져 갔다.
은주가 교문을 막 나섰을 때였다.
"야, 은주야!"
어디선가 소년의 목소리가 들려왔다. 소리가 나는 곳으로 돌아보니 정문 밖에서 민구가 기다리고 있었다.
"어머, 민구 오빠. 어떻게 여길 왔어?"
"너 보러 왔다. 이리 좀 와."
은주는 민구와 나란히 걸어가며 물었다.
"왜? 무슨 일이 생겼어?"
"봉팔이 자식이 말이지. 그 깨알곰보 말이야, 그 자식이 오늘 내 뺨을 한 번 후려갈기고 하는 말이, 너도 도둑놈의 편을 들었으니 같은 도둑놈이라고 하면서 은철이하고 나를 경찰에 고소하겠다는 거야."
"고소?"
은주는 깜짝 놀라지 않을 수가 없었다.
"응, 고소한다는 거야. 은철이가 분명히 가방에서 2만 원을 꺼내 가졌다면서. 그것을 전봇대 뒤에 서서 봉팔이 자식이 분명히 보았다는 거야."

"아니, 그게 정말이야?"

은주는 소스라치게 놀랐다.

"그런데, 아무리 생각해 봐도 은철이가 좀 수상하긴 수상해! 봉팔이의 말이 거짓말은 아닌 것 같아서, 그 길로 나는 부리나케 너의 집으로 뛰어갔어."

"그래, 오빤 뭐래?"

은주는 마음 졸이며 민구의 입술만 쳐다보고 있었다. 오빠가 뭐라고 대답했을까? 오빠의 대답 여하에 따라, 은주의 앞길은 캄캄해지기도 할 것이고 밝아지기도 할 것이다.

"응, 그게 말이야, 부엌에서 미음을 끓이고 있던 은철이가 헐레벌떡 뛰어 들어가는 나를 흘끗 한 번 바라보더니, 내가 미처 말도 하기 전에 '뭐야 무슨 일이 생겼어? 봉팔이가 뭐라고 그러더냐?' 하고, 얼굴빛이 새파랗게 변하면서 외치는 거야."

그렇다. 수상하다. 암만해도 수상하다.

"그래서 봉팔이가 경찰에 고소한다는 말을 했더니만 몸을 부르르 떨면서 '아니야, 그 돈은 빌린 거야. 그 신사가 분명히 사례로 준 거야.' 하고 부르짖는 거야. 그런데, 그게 분명치가 않으니까 걱정이야. 주었다고도 하고 꾸었다고도 하고……."

아아, 이게 대체 무슨 일이란 말이냐! 그처럼 사랑하고 믿고 아끼던 하나밖에 없는 자기 오빠가 도둑이라는 누명을 쓰고 경찰의 손에 붙들려 간다면, 학교가 다 뭐냐! 학교에 못 다니는 사람은 사람이 아니란 말인가? 남의 돈을 훔쳐서까지 학교에 가고 싶은 은주가 아니었다.
'오빠, 오빠! 나의 사랑하는 오빠! 오빠는 왜 은주의 마음을 그처럼 몰라 주는 거야?'
은주는 눈물이 자꾸만 앞을 가려 견딜 수가 없었다.
'하늘 아래, 땅 위에 단 하나밖에 없는 은철 오빠를 내가 무서운 죄인으로 만들어 버렸구나! 내가 없었다면…… 내가 어머니 뱃속에서 이 세상에 나오지 않았다면, 우리 오빠는 그처럼 무서운 죄를 짓지 않았을 게 아닌가! 그냥 죽어 버렸으면 좋겠다! 내가 죽어 버리면 오빠는 나 때문에 고생을 하지 않아도 되고, 도둑질을 하지 않아도 되잖아! 불쌍한 우리 오빠! 가여운 오빠!'
그런 생각을 골똘히 하면서 은주는 한없이 흘러내리는 눈물을 씻으며, 민구의 뒤를 따라 전차 정류장까지 나갔다.
"울지 마, 울어서 될 일이 아니니까, 울지 마라."
민구는 어울리지 않게 부드러운 목소리로 위로하면서도, 걱정스러운 듯이 말했다.
"그런데 말이야. 은철이가 하는 말이, 은주 너한테 가서 오늘은 종로 4가에서 신문을 팔지 말고 진고개 입구로 가서 팔라고 하는 거야. 자기도 오늘부터 진고개로 나가겠다고 하면서, 날더러 꼭 전해 달래. 그래서 내가 지금 온 거야. 그런데, 그런 말이 다 수상하지 않아? 무서운 것이 정말 없다면, 정말 죄가 없다면 자리를 진고개로 옮길 필요가 있겠니? 봉팔이를 그처럼 무서워하고 피하는 걸 보니 아무래도 수상하긴 수상해."

"민구 오빠!"

"응?"

"나도 죽고 싶어. 정말로 죽고 싶어. 나 때문에 모두들 고생하는 걸 보면, 나는 죽어야 할 사람이야!"

은주는 마음이 너무 쓰리고 아파 견딜 수가 없었다.

"무슨 쓸데없는 말을 하는 거야?"

그러나 은주는 정말 죽고 싶어졌다. 자기 하나만 죽어 버리면 어머니의 고생도 덜어질 것 같았고, 오빠의 고생도 없어질 것만 같았다.

그 순간, 은주는 한강 다리 밑의 푸른 물결을 생각했다. 기차가 무서운 속도로 달려오는 기찻길도 생각했다. 양잿물을 생각해 보기도 했다. 바로 그 때, 남대문 거리에서 쏜살같이 달려오는 한 대의 택시가 은주의 시선을 번개같이 붙잡았다.

'그래, 죽어 버리자! 눈 딱 감고 죽어 버리면 모든 문제는 해결되는 거야.'

그렇게 마음속으로 부르짖으며 민구의 옆을 휙 하고 떠나자마자 은주는 눈을 딱 감고 쏜살같이 달려오는 자동차 바퀴를 향해 뛰어들었다.

16_15년 전에 헤어진 쌍둥이

"앗, 은주야!"
민구가 깜짝 놀라 은주를 부르며 부리나케 달려갔을 때는 벌써 은주의 다람쥐 같은 발걸음이 쏜살같이 달려오는 자동차를 향하고 있을 때였다.
"앗, 은주야!"
"빠아앙……."
그 순간, 날쌘 경적 소리와 함께 쏜살같이 달려오던 자동차가 "끼익—" 하고 급히 멈추면서 자동차 옆머리로 은주의 몸뚱이를 보기 좋게 떠밀어 던졌다.
그와 동시에 은주는 가벼운 지푸라기처럼 큰길 한복판에 나자빠지고 말았다.
"은주야, 은주야!"
민구가 한걸음에 달려와 은주의 몸뚱이를 잡아 일으켰다.
"은주야, 은주야!"
민구는 그렇게 부르짖으면서 은주를 힘껏 흔들어 보았다.
그러나 은주는 대답이 없었다. 두 눈을 지그시 감고 은주는 죽은 사람처럼 깊은 혼수 상태에 빠져 있었다. 은주의 머리에서는 피가 흘러내리고 있었다.

"아, 어떻게 됐느냐?"

그 때 자동차 운전사와 손님으로 탔던 신사 한 사람이 뛰어오면서 외쳤다.

"아, 머리를 다쳤구나!"

신사와 운전사는 눈이 둥그레지며 민구의 품안에서 은주를 안아 일으켰다.

"빨리 병원으로……!"

신사는 허둥대면서 운전사와 함께 은주를 부둥켜안고는 자동차에 올라탔다.

"네 동생이냐?"

신사는 얼굴빛이 새파래져서 물었다.

"아니에요."

"그럼?"

"우리 옆집 아이예요."

"음……."

자동차는 다시 달리기 시작했다.

"빨리 병원으로 갑시다."

"네."

"부앙—" 하고 운전사는 속력을 냈다.

신사는 은주를 자기 품안에 꽉 안고, 근심스러운 얼굴로 민구를 쳐다보았다.

"하마터면 큰일날 뻔했구나! 그런데 얘가 왜 갑자기 차 앞으로 뛰어들었을까?"

"그건…… 저도 잘 모르겠어요. 둘이 같이 이야기하면서 왔는데, 갑자기 자동차 앞으로 뛰어들지 않겠어요? 저도 그만 깜짝 놀랐어요."

"응."

그러면서 신사는 은주의 흐트러진 머리카락을 추켜올리며 은주의 얼굴을 그제야 비로소 찬찬히 들여다보았다. 그러다가 그만 저도 모르게 깜짝 놀라 부르짖었다.

"오오, 얘가…… 얘가……."

자기의 딸 영란이와 똑같은 얼굴이 바로 그곳에 있었다. 옷은 비록 남루하지만, 지금 머리에 상처를 입고 갑작스런 충격으로 죽은 듯이 정신을 잃고 있는 이 소녀의 얼굴 생김새가 마치 판에 박은 듯 자기의 딸 영란의 얼굴과 똑같았다.

"오오, 이 아이로구나! 바로 이 아이로구나!"

어제 영란이가 종로 4가에서 만났다는, 그 신문 팔던 아이가 바로 이 아이였던 것이다.

"오랫동안 찾아 헤매던 내 딸!"

신사는 그 순간, 온몸을 흐뭇하게 적시는 아버지로서의 다사로운 애정을 느끼면서 은주의 상처 입은 몸뚱이를 힘껏 부여안았다.

"이 애 이름이 뭐지?"

신사는, 아니 영란의 아버지 이창훈 씨는 기쁨이 넘치는 얼굴을 번쩍 들면서 민구에게 물었다.

"은주예요."

"은주?"

"네."

"성은?"

"서 씨예요. 서은주."

"서은주! 음······."

틀림없는 영란의 동생이었다.

이창훈 씨는 오랫동안 찾아 헤매던 또 하나의 자기 딸 은주를 꼭 껴안고 가만히 눈을 감았다. 눈을 감은 그 캄캄한 망막 속에 물결처럼 흘러가 버린 15년 전 어두운 과거의 한 토막이 마치 영화 장면처럼 나타났다.

평양에서 남쪽으로 약 50리 가량 떨어져 있는 뱃골이라는 동네에서 영란의 부모는 살고 있었다. 집은 가난하고 영란의 어머니는 몸이 무척 쇠약하여, 쌍둥이 영란이와 은주를 낳았을 때는 그 날 끼니조차 신통히 끓이지 못하는 형편이었다. 게다가 엎친 데 덮친 격으로 중병까지 얻어 몸져눕게 되자, 갓난애 둘을 먹일 젖이 나오지 않았다.

그 즈음 영란의 아버지는 돈벌이를 하러 몇 달씩 집을 비운 채 이리저리 돌아다니고 있었다. 그래서 어머니가 쌍둥이 아이를 낳았을 때도 아버지는 집에 없었다. 젖을 못 먹어서 자꾸만 울어 대는 가여운 두 어린것을 들여다보며 어머니는 하염없이 눈물만 흘리면서 앓아누워 있었다.

그 때, 낯선 여인네 한 사람이 찾아와서 문득 이렇게 말했다.

"아무래도 두 애를 다 기르지 못할 것 같으니, 한 아이는 남에게 맡기는 게 어떻겠어요? 만일 그럴 생각이 있다면, 마침 좋은 자리가 하나 있으니 그 집에 주는 것이 좋지 않겠어요?"

어머니는 며칠 동안을 곰곰이 생각하다가 하는 수 없이 그 여인네의 말대로 동생 되는 아이를 눈물을 흘리면서 내주었다. 아이를 주면서 그 집이 어떤 집이냐고 물었을 때, 여인네는 냉정하게 잘라 말했다.

"그런 것은 알 필요가 없는 거요. 아이를 내주면 그 아이는 영영 그 집 아이가 될 것이니, 나중에 아이를 다시 찾아가겠다는 엉뚱한 생각을 하려거든 애초부터 아이를 내주지 말고, 그러지 않겠다고 약속을 한다면 아이를 내주시오."

어머니는 하는 수 없이 그 여인네의 말을 받아들였다. 그래서 어머니로서는 그 여인네가 누구이며, 그녀가 아이를 갖다 준 집이 어떤 집인지조차 전혀 모르고 있었던 것이다.

"이것만 알아 두세요. 이 아이를 데려가는 집은 아주 잘사는 집이라오. 사람들도 모두 착해서 아이를 금지옥엽으로 여기고 귀히 기를 것이니, 그것만은 걱정 마시오. 아들이 하나 있지만, 그 아들을 낳고는 애를 다신 못 낳게 됐다나 봐요. 그래서 딸자식 하나를 얻어다 기르려는 거랍니다."

어머니는 흐느껴 울면서, 아직 이름도 없는 쌍둥이 중 동생을 내주며 영영 찾지 않기로 약속할 수밖에 없었다. 그래서 아이를 데려가서 기르는 사람이 어디서 무엇을 하는 사람이며, 이름이 누군지 통 알 수 없었다.

그 후 1년이 지나고 5년이 지나고, 10년 동안에 영란이 아버지는 차츰차츰 사업이 번성하여 해방 후에는 커다란 고무 공장을 경영하게 되었다. 그렇게 되고 보니 집안 형편은 날로 좋아지고 살림도 풍족해졌지만, 자나깨나 부모의 마음에 항상 걸리는 것은 영란이 동생의 소식이었다.

'어디서 어떻게 살고 있을까? 넉넉한 집안이라고 했으니까, 지금쯤은 영란이처럼 초등학교를 졸업하고 중학교에 들어갔겠지.'

어머니와 아버지는 항상 그렇게 생각하고 있었다. 그러던 중에 어제 영란이의 말을 듣고 어머니와 아버지는 깜짝 놀랐던 것이다. 아직 영란이에게 자세한 말을 하지 않았기 때문에 놀란 얼굴을 보이지 않았으나, 마음속으로는 무척 놀라고 기뻐했다.

그러나 그 애가 남루한 옷을 입고 길거리에서 신문을 팔고 있더라는 말을 듣고는 부모 된 마음에 그만 애처롭고 가여워서 어머니와 아버지는 아이들 몰래 밤새도록 눈물을 흘렸다.

"여보, 내일 저녁엔 꼭 종로 4가에 가서 그 애를 만나 보고 오세요. 이름이 뭔지, 어디서 사는지, 꼭 알아 오세요."

어머니는 아버지에게 울면서 부탁했다. 그래서 오늘 아버지는 영등포 공장에서 일찍 나와 신문 파는 아이를 만나기 위해 종로 4가로 택시를 타고 가던 중이었다.

17__병실에서

여기는 대학 병원 외과 진찰실이다. 진찰대 위에 누운 은주의 머리를 간호사가 하얀 붕대로 동여매고 있었다. 그 옆에서 젊은 의사가 진찰을 끝마치고 허리를 펴면서 영란의 아버지에게 조용히 말했다.
"심한 충격으로 잠시 혼수 상태에 빠졌을 뿐이니, 안심하십시오."
"다른 데는 다친 데가 없습니까?"
영란의 아버지는 근심에 가득 찬 얼굴로 의사에게 물었다.
"다행히 다른 데는 다친 데가 없습니다. 머리에 타박상을 입고 잠시 정신을 잃었을 뿐이니까요."
의사는 은주의 팔을 걷어 올리고 주사를 한 대 놓고는, 다시 한 번 안심시키듯 말했다.
"염려 마십시오. 곧 정신을 차릴 테니까요."
"고맙습니다."
의사에게 대답한 후, 영란의 아버지는 민구를 바라보며 물었다.
"이 애의 집은 어디냐?"
"돈암동이에요."
"은주의 아버지와 어머니는 다 계시니?"
"어머니만 계세요. 그리고 오빠하고……."
"미안하지만, 지금 곧 은주 어머님을 좀 모시고 와 주겠니?"

"네."

민구는 휙 돌아서서 복도로 뛰어나갔다.

그런데 그 때까지 죽은 듯이 눈을 감고 쌔액쌔액 숨소리만 들리던 은주가 헛소리를 했다.

"죽으면 되지…… 나 하나 죽으면 되는 거야!"

"응…… 죽으면 된다고?"

영란의 아버지는 놀라지 않을 수가 없었다.

"그러면 이 애가 일부러 죽을 셈으로……?"

의사도 긴장한 표정으로 이창훈 씨를 쳐다보았다.

"으음……."

영란의 아버지는 깊은 신음을 했다.

"오빠는 나 때문에…… 나 때문에…… 그런 무서운 짓을…… 그러니까…… 나만 죽으면…… 나 하나만 죽으면 되지 뭐!"

모두들 벙어리처럼 입을 무겁게 닫고 서로의 얼굴만 쳐다보고 있었다.

"무슨 말 못할 복잡한 사정이 있는가 봅니다."

의사의 말에, 영란의 아버지도 고개를 끄덕였다.

"네, 그런 것 같습니다. 그런데 선생님, 이 아이는 좀 어떤가요? 머리 상처는 심하지 않은가요?"

"다른 곳은 그리 걱정할 정도는 아니고…… 두개골(머리뼈)이 제법 심한 충격을 받은 것 같습니다."

"완전히 치료를 하자면 얼마나 걸리지요?"

"아무래도 2, 3주일 정도는 걸릴 겁니다. 그러나 일어나 다니기에 큰 지장은 없을 겁니다."

"비어 있는 입원실이 있을까요?"

은주는 곧 침대에 실려 입원실로 옮겨졌다.

입원실은 창 너머 창경궁의 울창한 수목이 바라보이는 깨끗한 곳이었다.

은주는 이윽고 침대 위에서 감았던 눈을 간신히 뜨고 하얀 천장을 멍하니 쳐다보았다.

"오오, 눈을 떴구나! 정신을 차렸구나!"

그 말에 은주는 가만히 얼굴을 돌렸다. 점잖은 신사 한 사람이 자기의 얼굴을 들여다보고 있는 게 보였다.

"은주야!"

낯선 신사는 와락 달려와서 은주의 손을 잡아 쥐었다. 은주는 가만히 생각했다.

'사람이 죽으면 하늘나라로 간다는데, 여기가 바로 하늘나라일까?'

눈을 떴으나 심한 충격으로 말미암아 은주는 아직 정신을 차리지 못하고 있는 것이었다.

"은주, 네 이름이 은주라지?"

이처럼 자기를 반겨 맞아 주는 낯선 신사를 은주는 의아스런 얼굴로 비둘기처럼 말똥말똥 바라보았다.

"여기가 어디예요?"

은주는 힘없는 목소리로 물었다.

"여기는…… 여기는 병원이다."

"병원요?"

은주는 그 말에 방 안을 빙 둘러보며 말했다.

"왜 제가 병원으로 왔나요? 죽으면 하늘로 간다지 않아요?"

"하늘?"

신사는 마음이 아팠다. 내 혈육을 받은 내 딸이 어찌하여 이처럼 죽기를 원하고 있는지 알 수가 없었다.

"은주야!"

신사는 애처롭고도 감격에 차서 눈물이 글썽글썽한 얼굴로 다정히 불렀다.

"은주야, 네 이름이 은주라지?"

"네, 그런데 선생님은 누구신데……?"

"나는…… 나는 네가 뛰어들었던 바로 그 차에 타고 있던 사람이다."

"차라고요?"

"그래. 네가 덕수궁 대한문 밖 큰길에서 내가 탄 차 앞으로 갑자기 뛰어 들어왔잖니?"

그러자 은주는 "아!" 하고 가늘게 외치면서 자리에서 벌떡 일어나려다가 그만 머리의 상처가 아파 털썩 누워 버렸다.

"일어나면 안 된다! 너는 그 때 차에 떠받혀서 머리를 다친 거야."

은주는 그제야 비로소 정신이 들었다. 손으로 머리를 만져 보았다. 머리는 붕대로 여러 겹 동여매져 있었다.

"선생님!"

은주는 부르짖으면서 두 손으로 얼굴을 가리고 흐느껴 울기 시작했다.

'선생님이 아니다! 나는 네 아버지란다!' 하고, 자기가 이 불쌍한 소녀의 아버지라는 사실을 알리고 싶은 생각이 불길처럼 일어났으나 신사는 꾹 참았다. 갓난아이를 내줄 때 어떠한 일이 있어도 아이를 다시 찾아가지 않겠다고 굳은 약속을 한 것이 생각났기 때문이다.

그렇다. 이 아이의 어머니 되는 사람을 만나 보기 전까지는 자기가 은주의 아버지라는 말을 경솔하게 입 밖에 내서는 안 된다. 그것은 잘못하면 은주를 불쌍하게 만들고, 은주를 이제껏 길러 준 양모에게도 약속을 어기는 행동이 될 것이었기 때문이다.

"은주야, 울지 마라. 울지 말고 네 사정을 나한테 말해다오. 무척이나 알고 싶구나."

똑같은 어머니의 뱃속에서 세상에 나온 자기 딸이 하나는 걱정 없이 자라고 하나는 불쌍하게 자라는, 이 기구한 운명을 생각할 때 아버지 되는 사람으로서 어찌 눈물겹고 가엾지 않겠는가.

아버지는 은주의 흐느껴 우는 어깨를 다사롭게 쓰다듬어 주었으나, 은주의 울음은 언제까지나 그칠 줄을 몰랐다.

18_동생의 얼굴과 똑같은 소녀

"아주머니, 은주가 차에 치였어요!"
민구는 헐레벌떡 집안으로 뛰어 들어가며 고함을 쳤다.
"뭐, 은주가?"
은주 어머니는 누웠던 자리에서 벌떡 몸을 일으키려다가 힘없이 쓰러졌다.
"지금 대학 병원에 입원했는데……."
"에구머니나!"
어머니는 반쯤 정신 나간 사람처럼 멍하니 민구를 바라보며 입을 쩍 벌렸다.
"그런데 머리만 좀 상했지, 괜찮을 거라고 했어요."
"은, 은주가……."
어머니는 온 기력을 다해 간신히 자리에 일어나 앉았다.
"오늘은 어째 이처럼 나쁜 일만 생긴다니? 은철이는 경찰에게 붙들려 가고……."
"네? 은철이가 경찰에게 붙들려 갔다고요?"
"아까 경찰이 와서 붙들어 갔단다. 은철이가 뭐 남의 돈을 빼앗았다든가 훔쳤다든가……."
"아, 그렇다면 봉팔이 자식이 일러바친 게 틀림없어요."

"아주머니, 아무 걱정 마시고 누워 계세요. 제가 잠깐 다녀올게요."
민구는 솟구치는 분노를 느끼면서 부리나케 비탈길을 뛰어 내려갔다. 탁, 탁, 탁, 탁…… 무서운 기세로 달음박질을 치는 민구의 발자국 소리가 한적한 동네의 적막을 깨뜨리며 기운차게 울려 퍼졌다. 민구는 파출소로 은철이를 찾아가는 것이었다.
그러나 은철이는 파출소에 없었다. 경찰에게 물어보니 경찰서로 넘어갔다고 했다. 민구는 다시 경찰서를 향해 달음박질을 쳤다.
그 즈음 은철이는 경찰에게 끌려 혜화동 영란의 집 현관 밖에서 영란의 어머니와 마주 서 있었다.
"이 댁 주인 되시는 분은 어디 가셨습니까?"
경찰은 영란의 어머니에게 물었다.
"회사에서 아직 돌아오시지 않았습니다. 그런데, 무슨 일이신가요?"
"바로 이 녀석이 이 댁 주인인 이창훈 씨의 돈을 훔쳤습니다."
"네?"
그것은 영란 어머니의 목소리만이 아니었다. 어머니 옆에서 동생 영민이와 함께 서 있던 영란의 목소리도 섞여 있었다. 아니, 영란의 놀라는 목소리가 한층 더 날카롭고 높았다.
은철이는 머리를 들지 못했다. 부끄럽고 창피해서 쥐구멍이라도 있으면 뛰어 들어가 자기의 얼굴을 영영 감추어 버리고 싶었다.
"세상에, 어쩌면 저렇게 멀쩡한 것이 남의 돈을 훔친담!"
영란의 목소리가 다시 튀어나왔다.

"누나, 쟤가 도둑놈이야?"
영민이가 궁금한 듯이 물었다.
"그렇대도. 구두나 닦는 줄 알았더니, 어쩜 도둑질까지 한담!"
"그래서 경찰이 붙잡아 왔어?"
은철이의 머리는 더욱 깊이 수그러져 들었다. 머리를 들어 소녀의 얼굴을 한번 쳐다보고 싶었으나, 은철에게는 머리를 들 용기가 전혀 없었다. 눈물이 주르륵 은철이의 볼을 소리없이 스치며 흘렀다.
"돈을 잃어버린 것은 사실입니까?"
경찰은 영란의 어머니에게 또 물었다.
"네, 어젯밤에 들은 얘기로는 2만 원인가 3만 원이 없어졌다고요. 자세한 것은 남편이 돌아와 봐야 알겠지만요."
그 때 경찰은 은철을 향해 물었다.
"분명히 2만 원을 가방에서 꺼냈지?"
"네, 꺼냈습니다."
머리를 숙인 채 은철이는 모기 소리처럼 힘없이 대답했다.
"그 돈은 어디 있지? 지금도 가지고 있느냐?"
"……"
은철이는 대답을 못했다.
"지금이라도 그 돈을 이 어른께 드려라."
입을 꽉 다문 채 은철이는 대답이 없다.
"저것 좀 봐! 남의 구두나 닦으러 다니는 것이 무슨 양심이 있을라고?"

영란의 비웃는 목소리가 또다시 튀어나왔다.

그 순간, 은철이는 두 주먹을 불끈 쥐었다. 아무리 창피하고 부끄러워도 은철이는 그냥 그대로 머리를 수그리고 있을 수만은 없었다.

은철이는 한일 자로 굳게 다문 입술 위에 주먹 같은 눈물이 떨어져 내리는 얼굴을 번쩍 들고 소녀의 얼굴을 똑바로 쏘아보았다.

"아이, 무서워!"

영란은 한 걸음 흠칫 뒤로 물러섰다. 그러나 눈물이 앞을 가려 은철이는 소녀의 그 오만한 얼굴을 똑똑히 바라볼 수가 없었다. 은철이는 팔소매로 쓱 눈물을 닦으면서 소녀의 얼굴을 다시 뚫어질 듯이 바라보았다.

"아이, 무서워! 저 무서운 얼굴 좀 봐!"

그러나 다음 순간, 은철이는 "훅— " 하고 숨을 들이켜면서 한 발을 뒤로 물렀다. 하늘 아래 땅 위에 하나밖에 없는 줄 알았던 사랑하는 동생 은주의 얼굴이 바로 그 곳에, 자기의 눈앞에 있었기 때문이다.

"오, 세상에!"

은철이는 너무 놀라 꿈인지 생시인지 알 수가 없었다.

19_꿈과 같은 일

경찰에게 끌려 은철이가 다시 혜화동 영란의 집 정문 밖으로 사라진 지 얼마 후, 영란의 아버지 이창훈 씨는 대학 병원에서 집으로 전화를 걸었다.

"때르릉, 때르릉……."

영란은 뛰어가서 전화를 받았다.

"여보세요?"

"오오, 영란이냐? 나다, 아버지다."

"아, 아버지."

"어머니 계시냐?"

"네, 어머니 있어요. 그런데…… 왜……?"

"있어요가 뭐냐? 윗사람보고 그런 버르장머리없는 말을 써도 괜찮으냐, 응?"

"아이, 아버지도. 나 꾸중하려고 일부러 전화 걸었어요?"

"요것이, 제법 아버지에게 대들기 일쑤고…… 그런 버릇 못쓴다."

"헤헤헤헤. 아이, 무서운 아버지야. 아버지가 그처럼 무서우면 아이들이 기를 못 펴서 성질이 나빠진대요."

"아, 정말 요것이 말만 늘어서 못쓰겠어."

"네네, 아버지. 잘못했으니 용서해 주세요. 헤헤헤헤……."

"어머니 좀 바꿔다오."

"네에……."

그러다가 영란은 갑자기 생각난 듯이 말을 이었다.

"아참, 그런데 아버지, 빨리 돌아오세요."

"왜 무슨 일이 생겼느냐?"

"네, 아주 굉장한 일이 생겼어요."

"뭔데?"

"어제 아버지 가방에서 돈을 훔친 그 도둑이 잡혔어요, 잡혔어!"

"응?"

"경찰에 잡혔어요. 조금 아까 경찰이 그 도둑을 잡아가지고 왔었어요. 아버지께서 돌아오시거든 곧 경찰서로 오시라고요."

"음……."

"아, 글쎄 어떻게나 무서운지 몰라요. 그 도둑이 두 주먹을 불끈 쥐고 무서운 얼굴로 나를 쏘아보지 않겠어요? 아이, 생각만 해도 떨려요. 아버지, 빨리 좀 돌아오세요, 네?"

"오냐, 잘 알았다. 하여튼 어머니를 좀 바꿔다오."

"네."

"어머니, 아버지한테서 전화 왔어요."

영란은 커다란 목소리로 고함을 쳤다.

이윽고 어머니가 전화를 받았다.

"여보, 아 글쎄, 어제 그 돈을 훔친……."

그러자 아버지는 영란의 어머니가 이야기하려는 것을 가로막으며 말했다.
"알고 있소. 영란이에게서 다 들었소. 그런데 여보!"
아버지의 목소리도 어머니 못지않게 흥분되어 있었다.
"예."
"여보!"
"글쎄, 왜 그러세요?"
"여보, 기뻐하오! 기쁜 일이…… 온 세상을 얻은 것보다도 더 기쁘고 반가운 일이 한 가지 생겼소!"
"기쁜 일이라고요? 무슨 일인데……."
"아 글쎄, 여보!"
"글쎄, 얼른 이야기 좀 해 보시구려."
"여보! 이게 대체 꿈이요, 생시요?"
"꿈인지 생시인지 이야길 들어 봐야 알죠."
"여보, 아무 말 말고 빨리 대학 병원으로 오시오."
"대학 병원요?"
"그렇소. 대학 병원 외과 16호 병실로 오시오. 빨리 와야 하오!"
"아니, 대학 병원에는 왜 갑자기……."
"글쎄, 와 보기만 하라는데도…… 당신이 깜짝 놀라 기절할 일이……."
"아이참……."

"찾았소, 찾았소! 오랫동안 찾아 헤매던 우리 딸을 찾았단 말이오!"
"옛?"
"귀여운 내 딸! 귀여운 내 딸을 오늘에야 찾았소!"
"정말이에요?"
"영란이가 어제 자기와 똑같이 생긴 아이를 보았다고 한 말…… 그것이…… 그것이 사실이었소!"
"그게…… 여보, 정말이에요?"
"글쎄, 빨리 오래도……."
"오오, 하늘이…… 하늘이 마침내 우리들을 도우셨군요!"
"어서 좀 빨리 오구려."
"네, 곧 가겠어요."
"아직 아이들에겐 아무 말 하지 말고 오시오."
"네, 네, 알았어요."
어머니는 전화를 끊고 잠시 동안 얼빠진 사람 모양 멍하니 섰다가, 영란에게 말했다.
"영란아, 영민이하고 싸우지 말고 잘 데리고 놀아야 한다. 잠깐 나갔다 올 테니……."
"아이, 어머니도. 내가 언제 영민이하고 싸웠어요?"
영란은 언제나 한 번도 부모님의 말을 순순히 듣는 적이 없었다.
"넌 말마다 대꾸를 하니? 그래가지고야 뭣에 쓰겠니?"
"아이, 어머니도. 딸 길렀다가 뭣에 꼭 써먹어야만 하겠어요?"

"저거 저거…… 네가 그러니까 영민이도 널 따르지 않는 거야. 누나면 누나답게 동생을 귀여워하고 그래야지."
"귀엽게 굴어야 귀여워하지, 귀엽지 않은 것도 귀여워해요?"
"누난 저만 잘났다고 뽐내는 게 제일가는 재주지, 또 뭐가 있어요? 깍쟁이가!"
영란은 영민에게 주먹을 들었다.
"깍쟁이를 보려면 네 그림자를 봐라."
"요것이!"
영란은 마침내 주먹으로 영민이의 뒤통수를 쥐어박았다.
"아얏, 엄마아."
영민은 그만 울음보를 터뜨려 버렸다.
"오, 영민이 착하다. 내 잠깐 나갔다 올게, 그 동안 누나하고 싸우지 마라."
"누나가 자꾸만 때리는걸, 뭐."
"그럼, 넌 누나 방에 올라가지 말고 안방에 들어가서 가만히 공부나 해라."
"네."
그 때 2층 영란이의 방에서는 피아노 소리가 울려 나왔다.
"누난 공부는 안 하고 밤낮 피아노만 쳐요. 무슨 대음악가가 된다고요. 제까짓 것이 폼만 잡았지 무슨 대음악가야?"
영민이는 2층으로 올라가는 계단을 흘겨보고는 인사를 하면서 안방으로 들어갔다.
"어머니, 안녕히 다녀오세요."
"오냐, 언제 봐도 영민인 착하지."
영란의 어머니는 바삐 옷을 갈아입고 집을 나섰다.

20 _ 놀라운 소식

민구가 돌아오기만을 은주는 눈이 빠지도록 기다렸으나, 민구는 좀처럼 돌아오지 않았다. 그 때 복도에 발자국 소리가 나더니 문이 열리면서 한 발을 들여놓는 것은 민구가 아닌 낯선 중년 부인이었다.
부인은 신사와 잠깐 서로 마주 쳐다보고 나서, 흰 붕대로 머리를 동여매고 창가 침대 위에 조용히 누워 있는 은주의 얼굴을 놀란 듯 바라보았다.
"오오—."
부인은 너무 놀랍고 기쁜 나머지 벌떡벌떡 뛰는 가슴을 간신히 진정시키며 조심조심 침대 앞으로 다가왔다. 부인은 지금 눈앞에서 벌어지고 있는 일이 도저히 믿어지지가 않았다.
"아, 여보, 잠깐……."
그 때 신사가 부인을 막으며 귓속말로 가만히 속삭였다.
"당신이 이 애의 어머니라는 말은 아직 하지 않는 것이 좋을 것 같소."
부인은 남편의 말을 알아듣겠다는 듯이 머리를 끄덕이다가 다시 한 번 놀라며 짧게 외쳤다.
"오, 세상에! 이럴 수가…… 이 애가……이 애가 바로……."
자기 딸 영란이의 얼굴과 똑같은 또 하나의 얼굴이 지금 무슨 영문인지를 모르겠다는 듯이 비둘기처럼 말똥말똥 자기를 바라보고 있었다.

침대에 누워 있는 아이는 영란이의 동생이 틀림없었다.

"그런데 왜 이렇게 머리를 다쳤어요?"

"내가 탔던 차에 치였소?"

"아유…… 저런저런……."

부인은 은주의 조그만 손을 와락 잡아 쥐며 눈물을 글썽거렸다.

'그렇다. 내 딸이다. 분명히 내 딸이다. 15년 전, 내 옆을 떠나 누군지도 알 수 없는 그 어떤 사람의 손으로 갔던 영란이의 동생이 틀림없구나.'

병과 가난 때문에 어쩔 수 없이 남에게 주었던 가여운 딸. 그 아이가 지금 눈앞에 자기의 친어머니가 있는 줄도 모르고 눈만 깜박이면서 말똥말똥 쳐다보고 있는 것이 부인은 한없이 원통하고 슬펐다. 자기 어머니를 눈앞에 두고도 딸이 몰라본다는 사실에 부인은 자꾸만 슬프고 눈물겨워서 견딜 수가 없었다.

"오오, 가엾은 내…… 내……."

감정에 겨워 어쩔 줄 몰라하는 부인 옆에서 남편이 "여보!" 하고 막는 소리에 부인은 말끝을 꿀꺽 삼켰다.

"네 이름이 뭐지?"

부인은 울음 섞인 음성으로 물었다.

"은주예요."

"은주, 무슨 은주지?"

"서은주예요."

"서은주. 아이, 어쩜 이름이 이처럼 예쁠까! 은주!"
은주는 이 낯선 부인이 왜 자꾸만 우는지, 그 이유를 알 수가 없었다. 그래서 은주는 신사의 얼굴과 부인의 얼굴을 번갈아 쳐다보다가 가만히 물었다.
"아주머니, 제 이름 정말 예뻐요?"
"예쁘고말고! 은주, 은주, 은혜 은, 구슬 주?"
"네."
은주는 이처럼 자기 이름이 예쁘다고 눈물을 흘리면서 칭찬해 주는 사람을 지금까지 단 한 번도 본 적이 없었다.
"은주는 집이 어디지?"
"돈암동이에요."
"어머니는 계시니?"
"네, 지금 앓아누우셨어요."
"아버지는 무얼 하시지?"
"제가 어렸을 적에 돌아가셨어요."
"아아, 그래?"
"4년 전, 제가 열 살 때 만주에서 돌아가셨어요."
"만주에서?"
"네."
"그럼 서울엔 언제 왔지?"
"해방 되고 왔어요."

"고향은 어디지?"
아까 신사에게 대답한 이야기를 은주는 또다시 그대로 되풀이했다.
"평양이에요."
"평양! 그래 아버지는 평양서 무얼 하셨지?"
"커다란 포목상을 하셨었대요. 그러다가 그만 장사에 실패를 하고 만주로 떠나가셨대요."
"오오, 그래?"
부인은 다시 한 번 깊은 감격에 사로잡혀 나직이 말했다.
"세상이란 참 모를 일이로구나. 잘살던 사람이 못살게 되고, 못살던 사람이 잘살게 되고…… 사람의 운명은 정말 모를 일이다!"
정말로 그랬다. 행복하게 살아 달라고 잘사는 집으로 보낸 은주가 도리어 불행한 아이가 될 줄을 누가 알았겠는가. 그리고 이렇게 가난한 생활을 하고 있을 줄 어떻게 알았겠는가.
"그래, 동생은 없느냐?"
"없어요. 대신 오빠가 있어요."
"그럼 오빤 무얼 하지? 학교에 다니니?"
은주는 대답을 안 했다. 이처럼 친절하고 상냥한 부인에게 오빠가 구두를 닦으러 다닌다는 말을 하기가 싫었다. 아니, 그보다는 잘 알지도 못하는 사람에게 오빠가 구두를 닦으러 다닌다는 말을 했다가 혹시 어제 저녁에 오빠가 저지른 그 일이 탄로가 나면 어떻게 하나, 하는 두려운 생각에서였다. 그래서 은주는 은철이의 예전 직업을 말했다.

"방직공장에 다녀요."
"오오, 그래? 그런데 너 하마터면 큰일날 뻔했구나!"
부인은 은주의 상처난 머리를 쓰다듬어 보았다.
그 때 옆에 섰던 신사가 입을 열었다.
"자세한 것은 모르지만, 일부러 차에 치이려고 뛰어든 것 같소."
"네? 일부러라고요?"
부인은 화들짝 놀라지 않을 수 없었다.
"그런 것 같소. 하여튼 그런 건 차차 묻기로 하고……."
"아니……."
무슨 말할 수 없는 깊은 사정이 있는지는 모르지만, 이런 어린 소녀가 죽음을 결심하지 않으면 안 될 만큼 딱한 사정을 생각하니 어머니 되는 부인은 마음이 아파서 견딜 수가 없었다. 그래서 부인은 계속 울기만 했다.
"아주머니, 왜 자꾸만 우세요?"
은주도 어느새 글썽글썽 눈물을 지으며 부인에게 물었다.
"아무것도 아니다. 그냥 자꾸만…… 은주의 이름이 하도 예뻐서 자꾸만 눈물이 나오는구나."
이름이 예뻐서 눈물이 나온다는 부인의 말을 은주는 이해할 수가 없었다.
"그래, 은주는 무얼 하지? 학교에 다니니?"
"네…… 아니…… 네……."

은주는 대답을 갈팡질팡했다.
"무슨 학교지?"
"저 동신여자중학교……."
그러다가 은주는 갑자기 두 손으로 눈을 가리면서 베개 위에 얼굴을 파묻고 흐느껴 울기 시작했다.
모두 다 그 중학교 때문이다. 그 중학교 때문에 오빠가 그런 무서운 일을 저지른 것이다.
"동신여자중학교?"
부인은 깜짝 놀랐다. 그곳은 오늘부터 영란이가 다니는 학교였기 때문이다.
그때 문이 휙 열리면서 민구가 뛰어 들어왔다.
"은주야, 은철이가…… 은철이가 봉팔이 자식 때문에 붙들려 갔다! 경찰서에 붙잡혀 갔어!"
"오빠가?"
은주는 고함을 지르면서 벌떡 침대에서 일어났다가, 그만 얼굴이 핼쑥하게 핏기를 잃으며 다시 침대 위에 쓰러져 버리고 말았다.
"앗, 은주야, 은주야!"
부인은 놀라 쓰러진 은주를 부둥켜안으며 외쳤다.
"여보, 빨리 의사를, 의사를 불러 주세요."

21_친절한 아주머니

이윽고 간호사 한 사람과 의사가 달려왔다.
"선생님, 이 아이를 제발 좀 살려 주세요."
부인은 애원하듯이 의사에게 말했다.
의사는 정신을 잃은 은주를 살펴보고 나서 말했다.
"염려 마십시오. 워낙 몸과 정신이 모두 쇠약해서 빈혈증이 일어났습니다. 조금만 그대로 누워 있으면 정신을 차릴 테니 안심하십시오."
"고맙습니다. 정말 괜찮을까요?"
부인은 은주의 싸늘한 손발을 계속해서 주무르며 근심스런 얼굴로 물었다.
"괜찮습니다. 곧 정신을 차릴 것입니다."
그 때 이창훈 씨가 당황한 어조로 민구에게 물었다.
"은주의 오빠 이름이 뭐지?"
"은철입니다."
"은철이? 혹시 서은철이……."
"그렇습니다. 서은철입니다."
그러자 이창훈 씨는 뭔가 생각난 듯이 얼굴을 번쩍 들면서 그 어떤 격렬한 감정에 사로잡혀 말했다.
"서은철! 음, 틀림없는 그 소년의 이름이다. 바로 어제 내 가방에서 돈을 꺼냈노라고 편지를 써 넣은 바로 그 소년이 아닌가!"
그제야 부인도 뭔가 기억난 듯 말했다.
"아참, 그래요. 지금 생각하니 그 편지에는 분명히 서은철이라고 적혀 있었어요. 그럼 그 소년이…… 아까 경찰에게 끌려 우리 집으로 찾아왔던 바로 그 소년이 은주의 오빠……?"
생각하면 정말로 이상한 인연이었다.
"그 은철이라는 소년은 분명히 종로 4가에서 구두를 닦고 있지 않았느냐?"
"그렇습니다."
민구는 이창훈 씨를 멍하니 바라보다가 물었다.
"그럼 바로 선생님이 그 가방…… 그 돈가방의 주인 되세요?"
"그래, 내가 바로 그 가방의 주인이다."
"아아, 그러세요?"
민구는 깜짝 놀라며 눈을 둥그렇게 떴다.
"그러시다면 선생님, 은철이를 좀 구해 주세요. 은철이는 절대로 나쁜 아이가 아닙니다. 그건 제가 잘 알고 있습니다."
"오냐, 나도 잘 알고 있다. 그리고 어떤 말 못할 사정이 있다는 것도 알고 있다."
그러면서 이창훈 씨는 민구의 손목을 부드럽게 잡으며 은근히 물었다.
"그 딱한 사정이 무엇인지 나에게 말해 줄 수 없을까?"

"아, 그것은요, 다른 것이 아니고…… 은주가 중학교 시험을 치르고 합격은 됐으나 3만 원이라는 돈을 내지 못해서 입학 수속이 되지 않았어요. 그런데 개학날은 오늘이고, 어머니는 앓아누워 계시고…… 은철이가 아무리 노력해도 3만 원이라는 돈이 그리 쉽게 마련이 안 되고, 겨우 1만 원은 마련했으나 2만 원이 부족했어요. 그래서 자기네가 살고 있는 판잣집을 3만 원에 팔고, 우리가 들어 있는 방공호를 1만 원에 사면 2만 원이 남으니까 그렇게 해 보자고 저희 아버지를 자꾸만 졸랐답니다. 그러나 저희 아버지도 2만 원을 쉽게 만들지 못하셔서 집을 바꾸지 못했어요."

"음……."

"은철이는 어떻게 해서라도 동생을 학교에 보내려고 애썼지만, 마음먹은 대로 안 되었어요. 그러던 참에 선생님이 어제 돈가방을 잃어버리고 가셔서……."

"잘 알았다, 잘 알았어!"

이창훈 씨는 잠깐 동안 두 눈을 지그시 감고 무언가를 골똘히 생각하다가 다시 민구에게 물었다.

"그래, 은주는 왜 죽으려고 했느냐?"

"아, 그것은 봉팔이 자식이…… 은철이가 가방에서 돈을 꺼내는 걸 봤답니다. 그런데……."

"아 잠깐, 봉팔이가 누구지?"

"은철이 옆에서 같이 구두를 닦고 있는 아이예요."

"아, 그 콧등에 곰보알 붙은 아이 말이냐?"
"그 깨알곰보가 은철이를 자꾸 협박해서, 훔친 돈을 나눠 갖자고요. 만일 그러지 않으면 경찰에 일러바치겠다고요. 그러나 은철이는 그것은 안 된다고, 그 돈은 훔친 것이 아니고 잠깐 빌린 거니까 그럴 수 없다고, 둘이서 무섭게 싸웠어요."
"그래서?"
"그래서 오늘 3만 원을 가지고 입학 수속을 했는데 말이에요, 봉팔이 자식이 계속 경찰에 일러바친다고 협박해서 제가 은주한테 가서 그런 사정을 말하고, 오늘은 종로에서 신문을 팔지 말고 진고개 입구에서 팔아야겠다고 했더니, 은주는 울면서…… 자기 때문에 오빠가 그런 짓을 하는 거라고 생각하고, 죽어 버리면 그만이라고…… 아마 그랬을 거예요."
"음, 고맙다! 똑똑히 이야기를 해주어서 고맙다!"
그 때 싸늘한 이마에 식은땀이 송골송골 맺혀 있는 은주가 눈을 반짝 뜨더니 부인에게 애원하듯 말했다.
"아주머니, 오빠를 구해 주세요! 아주머니, 우리 오빠를 구해 주세요! 오빠만 구해 주신다면 저는 아주머니가 하라는 대로 무엇이든 할게요. 아주머니 집에 가서 청소도 하고, 빨래도 하고, 애도 보고…… 아주머니 집에 갓난애 없으세요? 아기 울리지 않고 잘 볼게요. 아주머니, 네? 아주머니!"
은주는 그러면서 부인의 손을 열심히 더듬어 잡았다.

"오오, 은주야! 내 딸 은주야!"

부인은 와락 달려들어 은주를 꼭 껴안고는, 은주의 눈물 어린 볼에다 수없이 입을 맞췄다.

"아주머니, 울지 마시고 제 부탁 꼭 들어 주세요."

"오오, 은주야! 아, 아주머니가 아니고…… 내가 바로 네 엄마란다!"

부인은 마침내 슬픈 감정을 이겨 내지 못하고 자기가 은주의 어머니라는 말을 그만 입 밖으로 꺼내고 말았다.

22 _ 믿을 수 없는 또 다른 어머니

자기의 피와 살과 애정을 고스란히 받고 나온 딸 은주가 세상의 모진 비바람 속에서도 시들지 않고 고이 살아 있어 준, 그 운명의 고마움을 하늘에 감사하면서 부인은 울었다.
그러나 은주는 부인의 입으로부터 흘러나온 그 한마디가 무슨 말인지를 처음엔 몰랐다. 그 때까지도 은주의 온 정신은 오빠 은철을 구하기 위해, 누구인지도 모르는 이 친절한 부인 집에서 어린 아기도 돌봐 주고 빨래도 해주려고 골똘히 생각하고 있었던 것이다.
그렇기 때문에 은주는 부인의 말이 귀에 잘 들어오지 않아서 부인의 얼굴을 말똥말똥 쳐다보다가 겨우 생각난 듯 물었다.
"아주머니가…… 아주머니가 제 어머니라고요?"
"그래, 은주야. 내가…… 내가 바로 네 어머니란다."
부인은 북받쳐 오르는 설움과 기쁨에 흐느껴 울면서 은주의 조그만 몸뚱이를 꽉 껴안았다.
"은주야! 내 딸 은주야!"
은주는 부인의 품에 꼭 안기어 숨이 막힐 듯했고, 눈앞이 어지러워 두 손으로 부인의 앞가슴을 힘껏 떠밀었다.
"아주머니! 놓아 주세요! 저를 놓아 주세요!"
"은주야, 네 사정이 그처럼 딱하고 가여운 줄도 모르고…… 그저 네가 부유한 댁에서 행복하게 살아갈 거라고 믿었던 것이…… 네가 오죽하면 죽음을 결심하고 지나가던 차에 뛰어들었겠니?"

"아주머니! 아주머니는 대체 누구세요?"

"네 어머니야! 아주머니가 아니고 네 어머니라고!"

그러나 이 낯선 아주머니가 벌써 여러 번째 말하는, '네 어머니'라는 한마디가 은주에게는 너무나 커다란 충격이었다.

"아주머니는 누구시기에…… 아주머니, 그게…… 그게 정말이세요?"

"정말이야, 은주야! 내가…… 이 어미가 인정머리가 없어서 너를…… 너를 그만 내 손으로 기르지 못하고 다른 사람에게……."

그 순간, 은주는 온몸의 힘을 다해 부인의 가슴을 힘껏 떠밀면서 침대 위에 벌떡 일어나 앉았다. 헤아릴 수 없는 격렬한 감정이 은주의 연약한 마음을 무섭게 쳤다.

"다른 사람에게라고요? 아주머니, 그게 대체 무슨 뜻이에요? 아주머니, 울지만 마시고 좀더 자세히 말씀해 보세요, 네?"

이번에는 은주 편에서 부인의 손목을 힘껏 잡아 흔들었다.

이러한 광경을 보자 민구도 놀랐고, 이창훈 씨도 무척 당황했다.

"자세한 이야기는 나중에 천천히 하마. 네 몸이 좀 좋아지고 난 후에…… 네 아버지가 아까 자꾸만 막는 것을, 내가 마음이 약해서 부질없는 말을 먼저 해 버렸구나."

부인은 남편을 쳐다보면서 약간 민망스런 표정을 지었다.

"은주야. 이 분이 바로 네 아버지란다!"

부인은 그러면서 자기 남편 이창훈 씨를 쳐다보았다.
"어머나!"
하나의 허황된 옛이야기를 듣는 것처럼 은주의 표정은 깜짝깜짝 놀라면서 신사의 얼굴을 쳐다보았다.
"그러니까 너는 바로 네 아버지가 탔던 차에 치인 거야. 이 분이 바로 너의 아버지란다."
"은주야!"
신사는 그제야 조용히 입을 열었다.
"네가 너무 놀랄 것 같아서 이런 이야기는 나중으로 미루기로 했었는데, 그만 네 어머니가……."
그 순간, 은주는 어떤 헤아릴 수 없는 강렬한 감정에 사로잡혀 부인에게 잡혔던 손목을 힘껏 뿌리치며 발악을 하듯이 부르짖었다.
"아니에요! 거짓말이에요! 모두 다 거짓말이에요. 우리 아버지는 벌써 만주에서 돌아가셨어요! 우리 어머니는…… 우리 어머니는 지금 앓아누워 계세요. 불쌍한 우리 어머니는 지금 내가 돌아오기를…… 아아, 어머니!"
은주는 그 순간, 컴컴한 판잣집 안에서 신음하는 어머니의 여윈 모습을 머리에 그려 보았다. 가슴이 쪼개질 것처럼 아파 왔다. 빨리 가야 했다. 빨리 가지 않으면 그러잖아도 아프신 어머니가 걱정하실 것이 분명했다.
"아아, 어머니!"

은주는 몸을 벌떡 일으켜 침대에서 뛰어내렸다. 그러나 휘청거리는 다리는 은주의 몸뚱이를 두 발자국도 옮겨 놓지 못한 채 부인의 품안으로 쓰러지게 했다.
"안 된다, 은주야! 진정해야지, 안 된다!"
이창훈 씨 내외는 정신을 잃은 은주의 몸을 급히 침대에 눕히고 나서 다시 의사를 불렀다.
"어린 마음에 충격이 너무 심한 것 같습니다."
의사는 은주를 살펴 본 다음 주사를 한 대 놓고 나서, 이창훈 씨 내외를 쳐다보며 말했다.

23_양심과 진실의 만남

은철이는 경찰에게 끌려 경찰서로 가면서 영란의 그 얄밉고도 거만한 태도와 말씨가 눈앞에 어른거리고 귀에 쟁쟁하여 견딜 수가 없었다. 그러나 그보다도 한층 더 은철의 마음을 사로잡은 것은, 동생 은주와 판에 박은 듯 똑같이 생긴 영란의 얼굴이었다.
어제 저녁 종로 4가의 택시 안에서 자기의 얼굴과 똑같이 생긴 여학생을 보았다던 은주의 말이 결코 꾸며 낸 이야기가 아니었다는 것을 은철이는 확실히 깨달았다.
'이 세상에 똑같이 생긴 얼굴이 있을 수 있는 것인가?'
은철이는 자기가 무슨 허황한 꿈을 꾸고 있는 것처럼 생각되었다.
'똑같은 얼굴인데, 은주와 그 소녀는 어쩌면 그렇게 성품이 다를까?'
이윽고 은철이는 성북경찰서 취조실에서 준엄한 문초를 받게 되었다.
경찰의 이야기를 들어 보니 봉팔이 자식이 경찰에 일러바친 것이 분명했다.
"바른 대로 말을 해야지, 그렇지 않으면 너는 감옥에 가게 돼!"
경찰은 무섭게 호령을 했다.
"바른 대로 죄다 말했습니다."
은철이는 조금도 숨김없이 경찰에게 실토를 했다.
"거짓말 마! 네가 그 신사의 가방에서 돈 2만 원을 꺼낼 때부터 그것을 훔칠 생각이었지?"

"아닙니다. 돈을 꺼낸 것만은 틀림없습니다만, 결코 훔치려고 한 게 아니고 한 달 후에는 어떠한 일이 있더라도 틀림없이 갚아 드리려고 생각했습니다. 그랬는데 봉팔이가 자꾸만 자기와 절반씩 나눠 갖자고…… 그래서 그럴 수는 없다고, 훔친 것이 아니고 잠깐 빌린 것이라고…… 그래서 싸움을 했어요."

그러나 경찰은 좀처럼 은철이의 말을 믿어 주지 않았다.

"어쨌든 너는 남의 돈을 훔친 도둑이야! 그러니까 지금이라도 모든 것을 뉘우치고 그 돈을 도로 내놓으면 모를까, 그렇지 않으면 너는 감옥살이를 할 수밖에 없다. 알겠나? 알겠으면 어서 돈을 내놔라."

"……."

은철이는 아무런 대답도 못했다. 돈은 이미 은주의 입학 수속금으로 다 써 버린 후였기 때문이다.

"아니, 정말 돈을 못 내놓겠느냐?"

경찰은 은철을 아주 악질 소년으로 알고 있는 모양이었다.

"돈은…… 돈은 다 썼습니다."

은철이는 고개를 푹 수그렸다.

"다 썼어? 어디에 썼느냐?"

"……."

은철이는 또 대답을 못했다.

"왜 대답을 못해? 이 나쁜 놈! 네가 고분고분 대답을 안 하는 걸 보니 아직도 제 잘못을 모르는 놈이야. 너 같은 놈이야말로 악질이다!"
경찰은 무척 화가 났다.
"제 잘못은 잘 알고 있습니다. 제가 무서운 도둑놈이라는 사실도 잘 알고 있습니다. 저는 그에 대한 형벌을 달게 받겠습니다. 그러나 한 가지 부탁은 제가 그 돈을 무엇에 썼는지, 그것만은 제발 묻지 마십시오. 저는 절대로 대답을 하지 않겠습니다."
절대로 대답하지 않겠다는 굳은 신념의 빛이 은철의 얼굴에 굳게 떠올랐다.
"음, 좋아. 너는 너대로 고집을 부려라. 나는 나대로 할 테니까."
경찰이 벌떡 걸상에서 몸을 일으켰을 때, 취조실 문이 조용히 열리면서 이창훈 씨가 민구와 함께 다른 경찰의 안내를 받으며 안으로 들어왔다.
"아, 선생님!"
은철이는 그렇게 부르짖으며 의자에서 몸을 일으켰다가 다시 털썩 주저앉으며 머리를 푹 숙이고 말았다.
"처음 뵙겠습니다. 제가 바로 그 돈가방을 잃어버렸던 이창훈입니다."
이창훈 씨는 점잖게 자기 소개를 한 후에 말을 시작했다.
"모든 것은 제 실수입니다. 제가 그 가방을 그만 깜빡 잊어버리고 온 것이 탈이었습니다. 공무에 바쁘신 몸일 텐데, 이런 사소한 일로 귀중한 시간을 허비하시게 해서 정말 죄송합니다."
이창훈 씨는 취조하던 경찰에게 공손히 허리를 굽히고 나서 말했다.
"실은 그 2만 원이라는 돈은, 저 소년이 가방에서 훔친 것이 아니고 제가 소년에게 준 것입니다."
"옛? 주셨다고요?"
경찰은 놀랐다.
"그렇습니다."
"이 소년은 분명히 가방에서 꺼냈다고 하는데요."
"아닙니다. 제가 준 것입니다. 마음씨가 나쁜 소년 같으면 가방을 갖고 도망을 친다든가 가방에서 몰래 돈을 훔친다든가 했겠지만, 이 소년은 그렇지 않았습니다. 이 소년은 다른 나쁜 소년의 극심한 유혹을 물리치면서까지 그 가방을 보관했다가 제게 돌려주었습니다. 그래서 그 착한 마음씨에 보답하기 위해 제가 2만 원을 준 것이니, 오해하지 마시기 바랍니다."
"아, 선생님!"
은철이는 깊숙이 숙이고 있던 고개를 들면서 격정에 넘친 목소리로 외쳤다.
"아닙니다! 제가 분명히 2만 원을 가방에서 꺼냈습니다. 저 선생님은 거짓 말씀을 하시는 것입니다. 주인의 허락 없이 남의 가방에서 돈을 훔쳐낸 것은 절도범입니다. 저를 처벌해 주십시오."
그러자 이창훈 씨는 꽥 소리를 친 후에 부드러운 말로 은철을 타일렀다.
"너는 왜 거짓말을 해서 일부러 자기 몸을 해치려고 하는 거냐? 가방 주인인 내가 그 돈을 네게 준 것이라면 그만 아니냐? 너는 그저 잠자코 있으면 되는 거야."

"아, 선생님! 선생님은 어째서 저를……."
은철이는 그만 정에 휩쓸려 두 손으로 얼굴을 가리고 자꾸만 울었다. 고맙고 부끄러워서 은철이는 정말로 쥐구멍이라도 있으면 뛰어 들어가고 싶은 심정이 되었다.
이창훈 씨는 경찰을 저편 창가로 데리고 가서 한참 동안 수군수군 무슨 이야기를 하기 시작했다. 이윽고 경찰이 머리를 끄덕거리면서 은철이 앞으로 다가왔다.
"잘 알았으니 이 선생님과 함께 집으로 돌아가라. 이처럼 좋은 선생님을 만난 것을 절대로 잊어서는 안 돼."
그리하여 은철이는 민구와 함께 이창훈 씨를 모시고 경찰서를 나섰다.
"선생님, 감사합니다!"
자동차를 타고 대학 병원으로 달려가면서 은철이는 또 한 번 울었다.
"훌륭하신 선생님을 만나서 저는, 저는 정말로……."
"아니다. 너야말로 드물게 보는 정직한 소년이다. 그건 그렇고, 하여튼 빨리 병원으로 가서 은주를 만나 봐야지."
"병원이라고요?"
"음, 하마터면 은주가 큰일을 저지를 뻔했다."
"은주가요?"
그 때 민구가 옆에서 말해 주었다.
"은주가 차에 치였어."
"차에?"

민구는 자세한 이야기를 은철에게 해주었다.

"아아, 은주가…… 은주가 죽으려고…… 죽으려고?"

은철의 얼굴빛이 그 순간 해말쑥하게 핏기를 잃어버렸다.

"그런데 말이야, 이 선생님이 사실은 은주의 아버지가 되신대!"

은철이는 민구가 이렇게 말해도, 처음에는 무슨 뜻인지 알아듣지 못했다. 그러다가 정신을 차리고 깜짝 놀라며 말했다.

"뭐라고?"

"아까 병원에서 이 선생님의 사모님한테서 들었는데, 이 선생님이 바로 은주의 아버지시라고……."

"은주의 아버지?"

겹쳐드는 놀라움에 은철이는 어안이벙벙해서 옆에 앉은 이창훈 씨를 쳐다보았다.

"자세한 이야기는 후에 하기로 하고…… 빨리 가서 은주를 만나 봐야지."

그러면서 이창훈 씨는 은철의 손을 다정하게 잡았다.

그 순간, 갑자기 은철의 머리에 떠오르는 얼굴이 있었다. 바로 사랑하는 동생 은주와 똑같이 생긴, 아까 이창훈 씨 집에서 보았던 그 건방진 소녀의 얼굴이었다.

'대체 어떻게 된 일일까?'

그 어떤 불길한 예감이 은철이의 머릿속에 검은 구름처럼 뭉게뭉게 떠다니기 시작했다.

24_ 학교에 못 가도 사람은 산다

"은주야!"

"오빠!"

"이게, 이게 어떻게 된 일이니?"

"오빠! 오빠!"

병실로 들어가자마자 은철이는 와락 달려들어 은주를 부둥켜안았다.

"은주야! 네가 죽으면 이 오빠와 어머니는 어떻게 하라고 그런 무서운 생각을 해? 은주야, 죽는다는 말이 무슨 말이야? 너 하나 때문에 어머니도 살아 계시고 이 오빠도 살아가고 있는데, 그것도 모르고 그런 끔찍한 생각을 하다니, 은주야! 은주야!"

은철이는 은주를 무섭게 잡아 흔들며 말했다.

"어떤 곤란이 와도, 어떤 곤경에 부닥쳐도 용감하고 씩씩하게 그리고 올바르게 살아 나가자고, 눈물 흘리면서 굳게 약속한 것을 너는 벌써 잊었단 말이냐? 은주야, 대답을 해 봐!"

"오빠! 오빠와의 약속을 잊지는 않았지만……."

은주는 은철의 목을 두 팔로 꼭 껴안고 눈물을 흘리면서 중얼거렸다.

"잊지는 않았지만……그러나 오빠는 올바르게 살아 나가질 못하고…… 오빠와 내가 굳게 약속한 대로 씩씩하고 용감하게, 올바르게 살아 나가지를 못하고…… 오빠는 약속을 배반하고…… 남의 가방에서 돈을……."

그러다가 은주는 마침내 소리치며 흑흑 흐느껴 울기 시작했다.

"오빠—."

"은주야!"

은철이도 은주의 볼에다 자기의 볼을 비비며 눈물을 흘렸다.

"모두가 나 때문이야. 학교를 못 다녀도 살 수 있는데, 오빠가 올바르지 못한 짓을 해서까지 나를 학교에 보내려 한다면…… 나 하나만 죽어 버리면, 오빠는 나쁜 짓을 안 하고도 살아갈 수 있잖아?"

"은주야, 용서해라! 이 못난 오빠를 용서해라!"

옆에 있던 이창훈 씨와 부인도 울고, 장난꾸러기 민구도 팔소매로 눈시울을 문지른다.

"그래, 은주야. 네 말이 맞아. 학교에 못 가도 사람은 살 수 있다. 학교가 뭐야? 학교에 다니는 사람만 사람이냐? 학교에는 못 가도 올바르게 살아 나가는 사람이 똑똑한 사람이야. 은주야, 이 어리석은 오빠가 오늘에야 비로소 눈을 떴어. 죽음을 무릅쓴 은주의 아픈 마음을 이제야 알겠어. 너로 인해 이 어리석은 오빠는 비로소 세상을 똑똑히 보고 올바르게 생각할 수 있게 된 거다. 이제 이 두 눈으로 똑똑히 보았어. 문제는 학교가 아니고 올바른 마음씨야. 그래, 은주야. 우리 학교는 못 가도 올바르게 살아 나가자. 씩씩하게 살아 나가자. 네가 신문을 팔고 내가 구두를 닦으면 우리 세 식구, 하루에 밥 세끼는 문제없어. 출세가 뭐야? 명예가 뭐야? 출세한 놈들의 꼴을 나는 똑똑히 보았어. 명예 있는 놈들의 하는 짓을 나는 분명히 보았어. 은주 너는 음악가가 되기 전에, 나는 소설가가 되기 전에, 먼저 진실한 사람이 돼야만 한다."
은철의 흥분한 얼굴을 덤덤히 바라보다가, 은주는 눈물 젖은 얼굴에 미소를 지으며 말했다.
"오빠! 이 세상에서 제일 훌륭한 나의 오빠! 나는 오빠보다 더 훌륭한 사람은 아직 보지 못했어. 나는 음악가가 안 돼도 좋아. 죽는 날까지 신문을 팔아도 좋아. 어머니하고 오빠하고 돈암동 판잣집에서 죽을 때까지 같이 살면 제일 좋아."
"은주야!"
"그런데, 오빠!"
은주는 그 때 옆에서 눈물짓고 있는 이창훈 씨 부인을 힐끔 바라보면서 말했다.
"저 아주머니가 자꾸 나보고, 내가 아주머니 딸이라고 그러셔."
그제야 비로소 은철이는 머리를 돌려 자기 등 뒤에 서 있는 부인을 돌아보았다.
"아 —."
은철이는 가느다랗게 외쳤다. 그것은 틀림없는 이창훈 씨 부인이었다. 또한 아까 혜화동 집에서 본, 은주와 똑같이 생긴 그 괘씸한 소녀의 어머니이기도 했다. 그 순간, 헤아릴 수 없는 불길한 예감이 다시 은철을 사로잡았다.

'쌍둥이…… 은주와 그 거만한 소녀는 분명히 쌍둥이구나!'
지금 눈물을 흘리면서 자기 옆에 서 있는 이 부인이 은주를 낳은 친어머니라면, 돈암동 판잣집 컴컴한 방 안에 혼자 누워 계시는 불쌍하신 자기 어머니는 양어머니라는 말인가.
'아아, 은주는…… 그럼 내 친동생이 아니었던가?'
은철이는 어젯밤 은주가 택시 안에서 자기와 똑같이 생긴 소녀를 보았다는 말을 했을 때, 속으로는 무척 놀라면서 겉으로는 태연스러운 표정으로 쓸쓸히 벽을 향해 돌아누우시던 어머니의 미심쩍은 태도가 불현듯 생각났다.
'그렇다! 틀림없이 은주는 얻어다 기른 아이로구나!'
은철이는 부르르 몸서리를 쳤다. 갑자기 눈앞이 캄캄해졌다.
대체 이 무슨 운명의 장난일까? 온 세상과도 바꾸지 못할 귀여운 동생 은주가, 자기와는 피가 다른 사람의 딸이라니…….
'아냐, 절대 아냐! 은주는 내 친동생이야! 아니, 설사 내 친혈육이 아니라 해도 은주만은 못 데려간다. 무슨 일이 있어도 은주만은 내 손에서 빼앗아 가지 못한다!'
은철이는 마음속으로 그렇게 다짐하며 마치 부인이 당장이라도 은주를 데려가기라도 하는 것처럼 험한 눈초리로 부인을 쳐다보았다.
그 순간, 은철이는 아까 혜화동 이창훈 씨의 저택 현관 앞에서 본 영란의 그 거만한 모습을 부인 옆에 그려 보며 마음속으로 외쳤다.
'안 된다. 안 돼. 절대로 은주를 못 빼앗아 간다. 그 돼먹지 못하고 건

방진 그런 계집애가 사는 집에 은주를 절대로 못 보낸다.'

25_착한 사람들

그날 밤, 돈암동 은주네 판잣집에서는 은주와 은철이 그리고 이창훈 씨 내외가 자리에서 간신히 일어나 앉은 은철 어머니를 둘러싸고 앉아 있었다.
황혼이 내리며 날이 어둑어둑해지자, 은주가 홀로 두고 온 병든 어머니 생각을 하며 자꾸만 집으로 돌아가자고 울어서 하는 수 없이 네 사람은 병원을 나와 돈암동 판잣집으로 온 것이다.
이창훈 씨 내외는 은철 어머니에게 지나간 옛날 이야기를 주욱 들려주었다. 그러고 나서 두 내외는 은철 어머니에게 머리를 정중히 숙이며 말했다.
"이처럼 고생스러운데도 은주를 훌륭히 길러 주신 은혜에 뭐라고 감사의 말씀을 드려야 될지, 정말 송구스럽기 짝이 없습니다."
"천만의 말씀입니다. 댁의 귀한 따님을 보잘것없이 길러서 오히려 민망스럽습니다."
은철 어머니는 그렇게 대답하고 나서 한숨을 내뱉었다.
"사람의 운이라는 것은 정말로 모를 일입니다. 은주도 일고여덟 살 때까지는 남부럽지 않게 길렀습니다만, 남편이 포목 사업에 실패하고 만주로 건너간 다음부터는 모든 일이 마음대로 되어 주지 않아서……
제 아이라면 또 모르지만, 남의 귀한 따님이기 때문에 어떠한 일이 있어도 남 못지않게, 행복하게 길러 보려고 있는 힘 없는 힘 다 써 보았습니다만…… 모든 것이 뜻대로 되지 않았습니다. 넓은 마음으로 용서해 주십시오."

"그런 말씀은 하지 마세요. 얼마나 죄송스러운지 모르겠습니다. 더구나 은주의 그 다사롭고 착한 마음씨야말로 모두가 다 어머니 되시는 분의 훌륭하신 교육에서 나온 것이라 믿습니다."

이창훈 씨 내외는 진실로 은철 어머니의 그 지극한 정성이 한없이 고마웠다.

"원, 별말씀을……."

은철 어머니는 은주의 몸을 한 번 껴안아 보면서 눈을 감고 무엇인가를 한참 동안 골똘히 생각했다. 그러다가 이윽고 무엇을 굳게 결심한 사람처럼 다시 눈을 슬며시 뜨면서 핼쑥한 얼굴에 엄숙한 표정을 지었다.

"저는 지금 한 가지 결심한 것이 있습니다."

은철 어머니가 말했다.

"무엇입니까? 말씀하십시오."

이창훈 씨 내외는 똑같이 엄숙한 표정으로 대했다.

"저는 어제 저녁 은주가 종로 4가에서 자기와 똑같이 생긴 아이를 보았다고 했을 때, 이미 모든 것을 결심했습니다. 집안 살림이 이 모양이 되고 보니 남의 귀한 자식을 기를 힘이 없어졌습니다. 애정으로만 생각하면…… 15년 동안 애지중지 기른 은주를 어찌 내 손에서 내놓고 싶겠습니까만…… 그러나 그것은 저 혼자만의 욕심을 채우려는 미련한 생각일 것이고, 은주를 위해서는 오히려 불행한 일이 될 것 아닙니까? 남과 같이 입히지도 못하고 먹이지도 못하고, 학교에도 못 보내는 은주의 장래를 생각할 때……."
눈물을 글썽글썽하며 어머니는 품안의 은주를 한층 더 꼭 껴안아 주었다.
"어머니!"
은주는 눈물이 핑 돌았다.
"어머니, 저는 어머니의 딸이에요. 저는 죽어도 어머니 곁을 떠나지 않을 거예요. 남과 같이 입지 못해도 좋고, 먹지 못해도 좋아요. 남처럼 학교에 안 다녀도 좋아요. 어머니만 계시면 돼요. 어머니, 제발 저를 보내지 마세요. 네?"
"아니다, 은주야!"
어머니는 상처 입은 은주의 머리를 자꾸만 쓰다듬어 주며 말했다.
"너를 낳아 주신 친어머니가 여기 계시는데, 그런 말을 해서 네 어머니 마음을 슬프게 해 드리면 못쓴다. 그리고 너는 이제부터 열심히 공부해서 훌륭한 사람이 되어야 하지 않겠니?"
"아뇨, 저는 학교에 못 가도 괜찮아요. 오빠하고도 그렇게 약속했어요. 학교에 못 가도 사람은 산다고, 올바르게만 살면 된다고……."
그러는 은주의 말을 은철이는 그저 잠자코 듣기만 했다.
"참 좋은 말이다!"
그때 이창훈 씨가 감탄을 하며 말했다.

"은주야말로 참 좋은 말을 알고 있구나. 올바르게 사는 길…… 그래, 사람에게는 그 길밖에 없단다."

그러고는 곧 말을 돌려 이렇게 말했다.

"은주는 어디든 은주가 있고 싶은 데 있으면 된다. 구태여 은주를 우리 집으로 데리고 가려는 것이 아니니까, 그 점은 조금도 염려 말아라. 더구나 어머님께 그처럼 효성스런 네가 병중에 계시는 어머님을 잘 보살펴 드려야 할 게 아니니?"

이창훈 씨는 15년 전 은주를 남에게 맡길 때 어떤 일이 있더라도 아이를 도로 찾아가지 않겠노라고 했던 그 약속이 불쑥 머리에 떠올랐다.

이번에는 이창훈 씨 부인이 은철 어머니를 향해 말했다.

"그 때의 저희들 약속도 있고 해서, 이런 사정 이야기를 은주에게 하지 않으려고 했습니다. 그런데 그만 제가 정에 끌려 부질없는 말을 은주에게 한 게 잘못이었어요."

"아닙니다. 어차피 다 알게 될 일이었으니 그것은 조금도 염려하실 것 없습니다. 무엇보다도 은주가 친부모님을…… 훌륭하신 부모님을 다시 만난 것이 한량없이 기쁩니다. 모두 하늘의 뜻이라 생각하고 그 뜻을 저희들은 잘 받들어야 되지요."

은철 어머니는 이렇게 엄숙하게 말했지만, 속마음은 울고 있었다.

"하여튼 속히 병이 나으시기만 바랍니다. 오늘은 이만 하고 또다시 찾아 뵙겠습니다."

이창훈 씨 내외는 몸을 일으키면서 말했다. 그리고 은주에게도 한마디 했다.

"은주도 이처럼 평화스러운 가정에 사정없이 뛰어 들어온 우리를 그리 좋은 마음으로 대하지 않을지 모르지만…… 모든 것은 은주의 마음대로이니 조금도 나쁘게 생각해서는 안 된다."

마지막으로 이창훈 씨는 은철의 어깨를 토닥이며 말했다.

"오늘부터, 아니 어제 저녁부터 은철 군을 누구보다도 믿음직하게 생각하네. 그러니 은철 군도 그렇게 알고 힘에 부치는 일이 생기거든 조금도 어려워하지 말고 나를 찾아 주기 바라네."

그제야 비로소 은철이는 입을 열었다.

"고맙습니다, 선생님! 어제 저녁부터 오늘 밤까지 저는 선생님의 은혜를 너무 많이 입었습니다. 그 너그러우신 은혜는 뼈에 새겨 두겠습니다. 더구나 은주를 중심으로 선생님과 저희들 사이에 뜻하지 않은 그러한 인연이 맺어져 있단 사실을 생각할 때, 뭐라 말할 수 없는 심정입니다. 그리고 은주의 일에 대해서는 좀더 시일을 두고 생각해 볼 여유를 주십시오. 은주의 행복이 과연 어디 있는지, 저는 그것을 곰곰이 생각해 보겠습니다."

은철이의 대답은 열일곱 살 소년으로서는 좀처럼 하기 힘든, 감정의 세계와 이성의 세계를 함께 지닌 훌륭한 것이었다.

이창훈 씨는 감동한 듯 말했다.

"은철 군, 좋은 말을 해주어서 감사하네. 나는 은철 군이 한층 믿음직스러워지네."

26_새로 생긴 언니를 생각하며

은주는 어머니와 은철이 사이에 누워서 하룻밤을 꼬박 뜬눈으로 새웠다. 아무리 잠을 청해도 좀처럼 잠은 오지 않고 정신은 자꾸만 맑아져 갔다. 길러 준 어머니와 낳아 준 어머니, 이 두 어머니의 얼굴 모습이 지그시 감은 은주의 눈 속에 번갈아 나타났다. 그리고 그 다음에는 어제 저녁 택시 안에 있던 그 새침한 여학생의 모습이 떠올랐다.
이창훈 씨 내외의 말을 들으니, '영란'이라는 이름을 가진 예쁜 그 여학생이 바로 은주의 쌍둥이 언니라지 않는가!
"언니!"
은주는 입 속으로 가만히 불러 보았다. 자기를 낳아 주었다는 이창훈 씨 부인에 대해서는 어머니라는 말이 통 나오지 않았지만, 자기와 똑같은 얼굴을 가진 영란을 언니라고 부르는 데는 쑥스럽다거나 싫다는 감정이 조금도 없었다. 은주는 자기에게 언니가 하나 있다는 사실이 신기하기만 했고, 생각할수록 너무 기뻤다.
"언니!"
은주는 또 한 번 입 속으로 불러 보았다. 어쩐지 감미롭고 신기했다. 그리고 언니가 생겼다는 생각을 하자 왠지 모를 믿음직한 감정이 은주의 온몸을 감돌기 시작했다.
"언니!"

세 번째 그렇게 불러 보았을 때, 은주의 감정은 완전히 영란의 동생이 되어 있었다. 어머니와 오빠의 곁을 떠나는 것은 죽기보다도 싫었지만, 새로 지은 교복을 입은 그 예쁜 여학생을 언니라고 부를 수 있다는 것만은 너무나도 기뻤다.

"언니, 같이 놀아."

"그래, 은주야. 같이 놀자."

"언니는 참 예쁘게 생겼어."

"아이, 은주 네가 더 예쁘지 뭐?"

"아냐, 언니가 더 예뻐."

"똑같이 생겼으니까, 둘 다 예쁘지! 하하하하……."

"하하하하…… 언니가 참 좋아."

"은주야, 넌 참 좋은 동생이야."

은주는 영란이와 만나서 재미있게 노는 광경을 가만히 생각해 보며, 어둠 속에서 빙그레 웃어 보았다. 새벽녘에 잠깐 눈을 붙였을 때도 은주는 영란과 만나서 어깨동무를 하고 신나게 노는 꿈을 꾸었다.

은주의 머리 상처는 나날이 회복되어 갔다. 그러나 이창훈 씨 내외가 방문한 일이 있은 후부터 어머니의 병환은 하루하루 나빠져 갔다.

이창훈 씨는 날마다 은주의 판잣집을 방문했다. 은주의 약도 사 오고, 은철 어머니의 약도 사 들고 왔다.

은철이는 어머니와 은주의 병간호로 일터에도 나가지 못하고 하루 종일 어머니와 은주 옆에 붙어 있었다.

영란의 어머니는 하루바삐 은주를 자기 집으로 데려가고 싶어했다. 그러나 영란의 아버지인 이창훈 씨는 부인에게 서두르지 않을 것을 당부했다.

"너무 서두르는 것은 도리어 은주의 감정을 해칠 뿐만 아니라, 은주의 양모와 은철이에게 커다란 마음의 상처를 주게 될 거요. 그러니 기회를 보아서 천천히 데려오는 게 좋을 것이오."

한편, 영란은 어머니로부터 은주라는 동생이 하나 생겼다는 말을 듣자마자 이맛살을 찌푸리며 발끈 화를 냈다.

"아이, 더러워! 길거리에서 신문이나 팔던 것이 내 동생이야?"

"그래도 동생은 동생이지."

"그런 동생, 난 싫어요! 아이, 그 더러운 옷하며 그 더덕더덕 기운 운동화며…… 생각만 해도 구역질이 나요. 그런 애가 내 동생이면, 난 어떻게 얼굴을 들고 다니란 말이에요. 게다가 얼굴이 똑같으니 동생이 아니라는 거짓말도 못하고…… 아이참, 어머닌 왜 하필이면 쌍둥이 낳았담!"

영란은 정말로 그런 동생이 생겼다는 게 무척 싫었다. 자기와 똑같은 얼굴이 이 세상에 또 하나 있다는 것을 생각하기도 싫고, 그런 아이와 한집에서 같이 살게 된다는 것도 너무나 기분 나쁜 일이었다.

"게다가, 하필 학교까지 똑같담. 참 별것이 다 들러붙어서 사람 못살게 구네!"

영란이가 이렇게 중얼거렸을 때, 아버지가 아주 엄숙한 목소리로 말했다.

"영란아."

"왜 그러세요!"

영란은 새침하게 대답을 했다.

"사람이란 하나만 알고 둘을 모르면 못쓰는 법이다. 불쌍한 동생을 위로는 못할망정 그처럼 싫어할 이유가 어디 있단 말이냐? 은주는 곧 우리와 같이 살게 될 거야. 그러니 너도 마음 곱게 먹고 동생을 귀여워하는 언니가 되어라."

"나는 싫어요. 거지 같은 애와 한집에서 안 살 거예요."

"안 살면 어떻게 할 테냐?"

아버지가 꽥, 소리를 질렀다.

"영란이는 동생을 왜 그렇게 미워하지? 통 모를 일이다. 더구나 너와 똑같이 생긴 귀여운 동생 아니니?"

"아니에요. 나와 똑같이 생긴 게 더 싫어요. 왜 나와 똑같은 사람이 이 세상에 또 있어야 하느냐고요?"

"음, 정말 이상한 심리로구나."

그와 같은 영란의 심리를 아버지로서는 통 이해할 수 없었다.

"너와 똑같은 사람이 있으면 더 좋을 텐데, 그렇게 싫어?"

"싫어요."

"왜 싫을까?"

"이유 없이 싫어요. 싫은 건 싫은 거지, 꼭 이유가 있어야 돼요?"

"음……."

아버지는 하도 이상해서 어느 날 대학에서 심리학을 연구하는 친구 한 사람을 찾아가서 영란이의 그와 같은 이상한 심정을 물어보았다.

"그런 일이 때때로 있지. 더구나 똑같은 용모를 타고난, 소위 일란성 쌍둥이에게서 그런 독특한 성질이 가끔 발견되곤 한다네."

그런 다음 그 대학 교수는 다음과 같이 설명했다.

"영란이 자신도 분명히 말한 바와 같이, 자기와 똑같이 생긴 사람이 또 하나 있다는 사실을 무척 싫어할 수 있다네. 일종의 질투라고 할 수 있지. 자기와 똑같이 생긴 사람이 또 하나 있기 때문에 모든 것에 대해 자기와 경쟁을 하는 것 같고, 자기의 장점이 깎이는 것 같고, 상대방의 결점이 자기의 결점인 것처럼 생각되는 데서 그러한 독특한 심리 상태에 빠지기가 쉽지."

교수의 설명을 듣고 보니 그럴듯도 했다. 그래서 아버지는 당분간 은주를 데려오지 않고 그대로 두기로 했다. 그러다가 영란이의 마음이 돌아서면 은주를 데려오기로 두 내외 사이에 약속이 되었.

이창훈 씨는 우선 은주네 세 식구가 살 만한 아담한 집 한 채를 장만해 주려고 복덕방 영감님과 함께 이리저리 돌아다니는 한편, 영란의 어머니는 은주의 교복 한 벌을 새로 맞추어 영란과 함께 은주네 판잣집을 찾았다. 그 날은 은주의 부상당한 머리가 완전히 나아서 내일은 학교에 가려고 생각하고 있는 일요일이었다.

27 _ 판잣집의 안과 밖

영란은 어머니의 뒤를 따라 판잣집 쪽으로 향하는 언덕길을 올라가면서 얼굴을 찌푸리고 코를 막았다.

정원에 화초가 만발하고 2층 서재에 피아노가 놓여 있는 자기 집과 비교해 볼 때, 은주네 판잣집은 너무나 초라했다. 조그만 판잣집에 다 떨어져 나간 널빤지로 담을 두른 한쪽 귀퉁이에 사람이 드나드는 조그만 쪽문이 한 개 달려 있었다.

영란은 동생을 보러 간다기에 호기심에 끌려 따라 나서긴 했으나, '괜히 왔다.'는 불쾌한 생각이 자꾸만 떠올랐다. 이런 더러운 장소에 들어서는 것이 자꾸만 부끄러워 견딜 수가 없었다. 그래서 영란은 획 돌아서며 말했다.

"난 안 들어갈 테야. 난 여기 서서 어머니가 나올 때까지 기다릴 테야."

"그래도 여기까지 왔는데, 동생을 보고 가야지."

"싫어요. 어머니나 만나 보고 나와요."

어머니는 하는 수 없이 영란을 대문 밖에 세워 두고 혼자서 뜰 안으로 들어갔다. 부엌 한 칸, 방 한 칸, 마루 한 칸에 온통 널빤지로만 된 궤짝 같은 집이었다.

은철이는 어머니에게 드릴 약을 지으러 병원에 갔고, 은주는 부엌에서 설거지를 하고 있었다.
"어머나!"
은주는 뜰 안으로 들어서는 훌륭한 옷차림의 영란 어머니를 바라보자 가슴이 두근거려 견딜 수가 없었다.
'그래, 내 손을 잡고 자꾸만 울던 그 부인, 나의 친어머니! 나를 낳아 주신 분!'
그런 생각이 은주의 머릿속에서 맴돌았다.
"오오, 은주야!"
부인은 부엌문 밖에서 은주의 손목을 덥석 부여잡으며 물었다.
"상처는…… 상처는 좀 괜찮으냐?"
"네."
"은주는 머리를 숙이고 조용히 대답했다.
"어머니 병환은 좀 어떠시니?"
"조금도 낫지를 않아요. 암만해도 어머니는 돌아가실 것만……."
그러다가 은주는 행주치마로 얼굴을 가리며 어두컴컴한 방 안으로 뛰어 들어갔다.
부인도 은주를 따라 방으로 들어갔다. 은주의 어머니는 이제 통 일어나지도 못했다. 가난 때문에 오랫동안 음식을 제대로 먹지 못한데다, 이제는 뼈와 가죽만 남은 몸이 되어 조금만 음식을 먹어도 금세 토해 버리곤 했다.
부인은 은철 어머니에게 정중히 인사를 한 후, 들고 온 과일 꾸러미를 내려놓으면서 걱정스럽게 말했다.

"어서 병환이 나으셔야 할 텐데 걱정입니다. 어려운 살림 속에서도 은주를 이처럼 훌륭하게 키우시느라고 그만 병환까지 얻으셔서……."
그러나 은철 어머니는 그저 눈물만 글썽글썽한 채 한참 동안 아무런 대답도 없다가 꺼질 것 같은 한숨을 내쉬며 겨우 말했다.

"후우…… 모두가 다 제 팔자니 어쩔 수 없지요. 아마 은주의 앞길이 트였나 봅니다. 부디 은주를 잘 교육시켜서 훌륭한 사람으로 만들어 주세요."
두 어머니는 다 같이 눈물을 흘리면서 지나간 15년 동안의 긴 이야기를 서로 나누었다. 그러다가 영란의 어머니는 가지고 온 물건들을 꺼내 놓았다.

"이건 은주의 교복과 구두…… 내일 학교에 입혀 보내 주세요. 그리고 이건, 은주의 학용품……."
영란의 어머니는 보자기에 싸 가지고 왔던 교복과 구두와 학용품을 내놓았다.

"고맙습니다. 은주야, 어머니께 고맙습니다 하고 인사를 드려야지."
그러나 은주는 어머니의 머리맡에 조용히 꿇어앉아 어머니의 여윈 손목을 꼭 붙잡고 홀짝홀짝 울고 있을 뿐이었다.

"은주야."

"네?"

"여태까지 너는 나를 어머니로 생각하고 있었지만, 이 분이 네 친어머니, 너를 낳아주신 진짜 어머니시다. 그러니 이제부터는 네가 나를 따르던 것처럼 이 분을 따르고 모셔야 하느니라."
그러는 어머니의 눈에서 눈물이 주르르 흘렀다.
"어머니! 이젠, 그런 말씀 하지 마세요. 제 어머니는, 제 어머니는 언제나 어머니 한 분이세요. 저를 그처럼 귀여워해 주시고, 저를 위해서 모든 고생을 아끼지 않으신 어머니 한 분뿐이에요. 저는 두 사람의 어머니를 갖고 싶지 않아요. 어머니는 저를 위해 드시고 싶은 것도 안 드시고, 입을 것도 제대로 안 해 입으신 소중한 어머니예요."
어머니의 여윈 손바닥에 돌연 얼굴을 파묻고 은주는 흑흑 흐느껴 울었다.
"은주야, 아무리 생각해도 내가 오래 살 것 같지가 않구나. 머지않아 나는 저 세상 사람이 될 것이니 새 어머니를, 아니 친어머니를 잘 모시고 오래오래 행복해라."
"어머니!"
"그래, 그래."
"어머니!"
"그래, 그래, 울지 마라!"
은주가 울자, 생모도 양모도 다 같이 눈물의 바다에 빠진 듯, 흐느껴 울었다. 은주가 친부모를 만나게 된 일이 과연 은주의 일생을 위해 좋은 일인지 나쁜 일인지, 행복한 일인지 불행한 일인지 아무도 알 수 없었다.

그 때, 이창훈 씨 부인은 눈물을 거두며 조용한 어조로 입을 열었다.

"은주를 지금 당장 데려가려는 것이 아니니 그리 아시고, 은주를 지금과 마찬가지로 귀여워해 주세요. 태산 같은 은혜를 결코 잊지 않겠습니다."

두 부인이 그런 이야기를 하고 있을 때, 병원에 약을 지으러 갔던 은철이는 꼬불꼬불한 언덕길을 헐레벌떡 뛰어 올라오고 있었다.

집 앞에 이르러 은철이는 갑자기 발바닥이 땅에 얼어붙은 듯이 우뚝 멈춰 섰다.

"어?"

은철이는 저도 모르게 가느다란 외침을 내뱉었다.

자기 집 대문 밖에서 지금 껌을 씹고 서 있는 여학생, 은주와 똑같이 생긴 저 여학생은 혜화동 이창훈 씨의 양옥 현관 밖에서 자기의 인격을 발로 진흙 밟듯 짓뭉개던 그 애가 아닌가!

약봉지를 든 은철의 손이 가느다랗게 떨리기 시작했다. 은철이는 약봉지가 뭉개지도록 꼭 움켜쥐었다.

"……"

은철이는 벙어리처럼 말없이 입술을 꽉 깨물고 영란의 얼굴을 무섭게 쏘아보았다.

28_서로 싸우는 마음들

"아이, 무서워!"
영란은 화들짝 놀라 고양이처럼 동그래진 눈으로 난데없이 나타난 은철이의 무섭게 굳어 있는 얼굴을 바라보았다.
자기의 아버지 가방에서 돈을 훔쳤다던 그 소년, 길거리에서 구두를 닦는다는 그 더러운 소년 그리고 주먹을 불끈 쥐고 자기를 무섭게 쏘아보던 바로 그 소년이 지금도 무서운 표정으로 자기를 쏘아보며 서 있지 않은가!
'아버지의 말에 의하면, 이 무서운 소년이 바로 은주라는 계집애의 오빠라던데.'
영란은 또 한 번 '괜히 왔다.' 고 생각하며 무척 후회를 하였다. 그러나 영란은 그리 쉽게 남에게 지는 애가 아니었다.
'제까짓 것이!' 하는 생각이 불쑥 영란의 마음을 사로잡았다.
그래서 영란이도 똑같이 매서운 눈초리로 은철을 바라보면서, 입에 물었던 껌을 "탁—" 하고 땅에 뱉어 버렸다. 그것은 마치 잔뜩 화가 돋친 고양이와 개가 서로 마주 선 것 같은 험악한 풍경이었다.
"……"
"……"
둘은 서로의 얼굴만 뚫어지도록 바라볼 뿐, 누구 하나 먼저 말을 꺼내지 않았다.

"참, 재수 없어서! 내가 어쩌다 이런 델 다 왔지!"

결국 영란의 입에서 먼저 그런 말이 튀어나왔다.

"이런 데라니, 싫으면 가면 될 게 아냐."

"가건 말건 무슨 상관이야? 어린애들처럼 텃세를 하는 건가? 유치하긴!"

"유치해?"

"유치하지 않음 뭐야? 내 얼굴에 똥이라도 묻었나? 왜 사람을 무섭게 쏘아보는 거야?"

영란의 독설이 만만치 않았다.

"뭐야?"

말로는 도저히 영란을 당해 낼 수 없게 된 은철은 그저 주먹 쥔 손을 와들와들 떨고 있을 뿐이다.

"뭐긴 뭐야? 내 얼굴에 사탕이 묻었냐, 똥이 묻었냐? 왜 못마땅한 얼굴로 바라보는 거야? 흥, 정말 웃기네!"

"뭐라고?"

그러면서 은철은 한 발 바싹 영란의 앞으로 다가섰다.

"어디 때려 봐? 말이 막히니까, 주먹만 들면 다냐? 사내 자식들은 그저 단순해서 주먹밖에 모른다니까."

"요것이!"

여자만 아니라면 도저히 참을 수 없는 것을 은철은 지금 간신히 참고 있는 것이다. 말로는 도저히 영란의 독설을 당해 낼 수 없었다.
"요것이라니? 내가 누구네 집 강아지냐? 왜 함부로 남보고 요것이, 조것이냐? 못 배운 것들은 말버릇도 고약하지."
"못 배웠다고?"
"배운 것이 뭐 있어? 내가 누구처럼 구두를 닦으러 다녔냐? 신문을 팔러 다녔냐? 내가 누구처럼 돈을 훔쳤냐? 이거 왜 이래?"
"음······."
'그렇다. 어쨌든 나는 영란이의 말처럼 남의 돈을 훔친 사람이 아니냐! 분하고 원통한 일이지만 그것을 반박할 아무런 자격도 없는 몸 아니냐! 깨끗하지 못한 이 몸, 떳떳하지 못한 몸으로 어찌 영란의 말을 반박할 수 있단 말이냐?'
은철의 두 눈에서는 주먹 같은 눈물이 걷잡을 수 없이 자꾸만 쏟아져 나왔다.
'그래, 나는 도둑이다! 남의 돈을 훔친 무서운 도둑이다!'
은철은 그만 머리를 푹 수그리고 말았다.
"흥, 왜 좀더 잘난 척하시지······."
영란은 승리자로서의 쾌감을 느끼며 "흥!" 하고 코웃음을 쳤다.
그 때 집 안에서 마루를 내려서는 이창훈 씨 부인의 목소리가 들렸다.
"은주야. 이리 나온. 언니가 왔단다. 영란 언니가 너를 보러 왔단다."
그 순간, 은철은 얼른 머리를 들었다. 머리를 들고 잠깐 동안 어쩔 줄을 모르고 망설이다가 휙 돌아서서 집 뒤 언덕 밑으로 쏜살같이 사라져 버리고 말았다.

영란의 말대로, 무서운 도둑이요 더러운 인간인 자기의 모습을 부인 앞에 드러내기가 은철이는 죽기보다 싫었던 것이다.

그러는데 부인이 은주의 손목을 끌고 대문 밖으로 나오면서 말했다.

"영란아, 네 동생 은주다."

그리고 이번에는 은주를 향해 기쁨에 넘치는 명랑한 목소리로 소개를 했다.

"자, 은주야. 네 언니 영란이다."

그 순간, 용모가 똑같이 생긴 영란과 은주는 자기의 분신을 눈앞에 두고 놀라지 않을 수 없었다.

지난번과 오늘, 두 소녀가 서로의 얼굴을 마주 보는 것은 이번이 두 번째였다. 그러나 전에는 택시를 탄 부유한 소녀와 거리에서 신문을 파는 가난한 소녀로서의 감정을 가지고 마주 보았지만, 오늘은 같은 어머니의 배에서 나온 다사로운 혈육으로서의 감정을 가지고 바라보는 순간이었다.

"언니, 언니!"

반딧불이가 곱게 날아다니는 집 뒤 언덕 위에서, 또는 곤히 잠든 꿈나라에서, 요 며칠 동안 수없이 불러 본 그 한마디를 은주는 조금도 어색함이 없이 불러 보았다.

그러나 영란의 태도는 너무나 차가웠다. 영란은 대답 대신 그 차디찬 눈동자로 은주의 얼굴을 한 번 힐끔 쳐다볼 뿐이었다.

"영란아, 네 동생 은주란다."

부인은 두 소녀의 손을 하나씩 끌어 당겨 서로에게 꼭 쥐어 주면서 말했다.

"영란이는 오늘부터 동생이 생기고, 은주는 오늘부터 언니가 생겼어. 같이 놀고 같이 공부하면서 언니는 동생을 귀여워하고, 동생은 언니를 따르면서 지내거라. 오늘부터 너희들은 친형제가 된 거야. 알겠니?"

"네."

은주는 다 해져 나간 행주치마 끝으로 수줍은 듯이 입을 가리며 다사로운 목소리로 대답했다.

그러나 영란은 끝끝내 대답을 하지 않았다. 양미간을 찌푸리고 흰자위가 많이 섞인 비웃는 눈초리로 은주의 아래위를 힐끔힐끔 훑어볼 뿐이었다.

"영란인 왜 대답이 없느냐? 둘이 같이 학교도 다니고, 놀러도 다니고, 얼마나 좋은 일이냐?"

"어머니나 좋지, 누가 좋아요?"

영란의 쏘아붙이는 한마디가 마침내 튀어나왔다. 그러고는 못마땅하다는 듯이 어머니의 얼굴을 힐끔 쳐다보며 입술이 샐쭉해지는 것이다.

"원 애도, 입이 거칠어서 큰일이야."

어머니는 그렇게 어물어물 넘겨 버렸으나, 은주는 정말 무안해서 견딜 수가 없었다.

자기를 보면 누구보다도 반가이 맞아 줄 줄 알았던 쌍둥이 언니가 이렇게 싸늘하게 대할 줄은 정말로 꿈에도 생각 못했다.

은주는 그만 머리를 푹 수그리고 말았다.

그 때까지 언덕 밑 굴뚝 뒤에 숨어서 이 광경을 바라보고 있던 은철은 입술을 부들부들 떨면서 세 사람 앞으로 불쑥 뛰어나왔다.

"은주야, 들어가자!"

은철은 은주를 보호하듯이 자기 앞으로 끌어안으며 부인을 향해 힘찬 목소리로 부르짖었다.

"은주에게는 언니가 없어도 좋습니다! 은주는 친어머니가 없어도 좋습니다! 친어머니가 없어도, 언니가 없어도, 은주는 지금까지 죽지 않고 살아왔습니다! 친부모님이 없어도 은주는 학교에 다닐 수 있습니다! 아니, 학교는 비록 못 다닐지 몰라도 훌륭한 사람이 될 수 있습니다! 은주는 저런 거만한 언니가 수백 명 있어도 당해 내지 못할 훌륭한 사람이 될 수 있습니다!"

은철은 은주의 손목을 잡아 끌며, 영란의 어머니를 향해 소리치듯 말했다.

"은주야, 들어가자! 빨리 집으로 들어가자! 은주가 비록 누추한 널빤지 집에서 살망정, 2층 양옥에서 피아노를 치면서 건방지게 자란 저런 애와는 다르다는 것을 알아 두십시오!"

그 한마디를 남겨 놓고 은철은 은주의 손목을 끌고 안으로 뛰어 들어가서 대문을 쾅 닫아 버렸다.

"흥, 큰소리만 탕탕 치면 제일인가? 도둑질하는 버릇이나 고쳐 봐! 돼먹지 못한 것이……."
영란의 비수 같은 말이 대문 밖에서 들려왔다.

29 운동장에서

이튿날, 은주는 일찌감치 아침을 해 먹고 학교에 갈 준비를 했다. 그러면서도 자꾸만 은철에게 미안한 마음이 들었다.
"오빠, 어머니와 오빠가 다 같이 고생하는데, 나 혼자 새 옷을 입고 학교에 간다는 것이 마음에 걸려. 하늘이 무섭고, 땅이 무서워……."
"아냐, 은주야. 그렇게만 생각할 게 아니야. 네가 이처럼 수월하게 학교를 다니게 된 것은 말하자면 다 네 복인 거야. 너를 낳아 주신 네 부모님이 너를 공부시키는 건데, 조금도 달리 생각해서는 안 돼. 학교에 못 가는 사람도 살지만, 다닐 수만 있으면 학교를 다니는 것이 옳은 일 아니니?"
"그래도 오빠가 고생하는데…… 나만……."
"그런 말 하면 못써! 둘이 다 갈 수 없으면 하나라도 가는 게 옳은 것이야. 집안 생각은 아예 말고 너는 그저 열심히 공부만 하면 된다."
"그럼 오빠, 다녀올게요."
"응, 전찻길 조심해서 건너야 한다."
"그럼 어머니, 다녀오겠습니다."
"오냐! 어서 갔다 오너라."
어머니는 기쁘면서도 한없이 쓸쓸했다.
새로 맞춘 교복에다 새 구두를 신은 은주의 모습이 어찌 영란이보다 못할 리가 있으랴.

"야아, 은주 정말 멋쟁이다!"

은철은 사라져 가는 은주의 뒷모습을 바라보며 진심으로 감탄하고 또 감탄했다. 그렇다. 옷만 잘 입으면 은주도 영란이에 비해 조금도 손색이 없다는 분명한 증거를 눈앞에서 본 것이다.

"사람의 운명이란 참 모를 일이야."

은주는 입 속으로 조용히 종알거려 보았다.

"이 세상에 어머니가 두 분 계신다니!"

은주는 낳아 주신 어머니와 길러 주신 어머니, 두 분 중 어느 어머니가 은주에게 진짜 어머니인지 통 분간할 수가 없었다. 정으로 말하면 길러 주신 어머니가 더 두터웠으나, 또 가만히 생각해 보면 낳아 주신 어머니가 더 고마운 것 같기도 했다. 그래서 은주는 굳은 결심을 했다. 두 분의 어머니를 똑같이 정성껏 모실 것을 굳게굳게 맹세했다.

"그러나 언니는…… 영란이라는 예쁜 이름을 가진 언니는……."

은주는 영란을 생각하면 울고 싶었다. 자기는 언니가 생겨서 이렇게 기뻐하는데…….

'언니는 나를 왜 그렇게 싫어할까?'

아무리 생각해도 은주는 통 알 수가 없었다.

그 때였다. 은주가 학교 교문을 들어서려는데 등 뒤에서 웬 남자의 목소리가 들렸다.

"아, 영란이가 아니냐?"

그 순간까지도 영란의 생각을 골똘히 하고 있었기 때문에 은주는 울렁거리는 가슴을 억누르며 얼른 뒤를 돌아보았다. 그러나 영란의 모습은 보이지 않고, 가방을 든 신사가 입가에 부드러운 미소를 띠며 은주 앞으로 성큼성큼 걸어오고 있는 것이 보였다.
'낯익은 얼굴이다!'
은주는 어디선가 한 번 본 듯한 얼굴이라고 생각하다가, 깜짝 놀랐다.
'참! 이 분은 학교 음악 선생님이 아닌가! 그리고 언젠가 종로 4가에서 신문을 팔아 주신…….'
그렇다. 낯익은 그 사람은 이 학교 음악 교사 오상명 선생이었다.
은주는 이상한 부끄러움을 느끼며 공손히 인사를 했다.
"영란이가 오늘은 어찌 이리 얌전해졌을까?"
오 선생은 마치 어깨동무라도 하듯이 은주의 등에 손을 올려놓고 현관을 향해 천천히 걸어가기 시작했다. 그 말에 은주는 멈칫 걸음을 멈추고 힐끗 오 선생의 얼굴을 쳐다보았다.
"영란인 노래를 잘 부르니까, 이다음에 보컬리스트로 성공을 해야지?"
그러면서 오 선생은 은주의 얼굴을 들여다보았다. 그러나 은주는 보컬리스트라는 말이 무슨 말인지도 몰랐고, 그보다도 오 선생이 영란과 자기를 혼동한 사실이 당황스러웠다. 은주가 결석을 한 이 주일 동안에 영란은 벌써 음악 교사인 오 선생과 친해진 모양이었다.
"보컬리스트란 말 알아?"
"모, 몰라요."

은주는 모기 소리 같은 대답을 했다.

"성악가라는 말인데, 앞으로 대성악가가 될 사람이 그런 말을 모르면 되나?"

오 선생에게 벌써 이처럼 인정을 받은 영란이라면, 영란은 노래를 얼마나 잘 부를까 생각하며 은주는 부럽기도 하고 기쁘기도 했다. 자기 언니가 그처럼 노래를 잘 부른다는 것은 은주의 체면이 서는 것 같아서 기쁘기 한량없었다.

"영란이는 통 알 수가 없어. 어느 때는 무척 명랑하고 건방지고, 어느 때는 우울하고 공손하고…… 대체 어느 편이 정말인지, 알 수가 있어야지."

"선생님!"

은주는 운동장 한가운데에서 돌연 걸음을 멈추었다.

"응?"

오 선생도 우뚝 멈추었다.

"저…… 선생님, 저는 영란이가 아니에요."

영란 언니의 명예를 일시나마 자기가 가로채는 것 같아서 은주는 미안하기 짝이 없었다.

"뭐야?"

오 선생은 눈이 둥그레졌다.

"저는 선생님이 알고 계시는, 그 영란이가 아니에요."

"영란이가 아니라고?"

오 선생은 마치 꿈꾸는 사람처럼 멍하니 은주의 얼굴을 바라보았다.
"영란은…… 제 언니이고, 저는 은주예요."
"은주?"
그러다가 오 선생은 이제 생각난 듯이 말했다.
"옳지! 그럼 저번 날 종로 4가에서 신문을 팔던 애가 바로 너로구나."
"네."
"오오, 그랬던가! 그래서 영란이에게 물어도 그런 일 없다고 하고……
나는 혹시 영란이가 부끄러워서 그것을 감추는 거라고만 생각하고 더
묻지 않았지만…… 그런데 영란이와 은주가 자매라면, 은주가 신문을
팔고 있던 사실을 영란이가 모를 리 없을 텐데……."
영란은 물론 알고 있었다. 그러나 신문을 팔러 다니는 그런 거지와 같
은 동생이 있다는 것을 영란은 숨겼을 따름이었다.
은주는 대답을 못하고 한참 동안이나 망설이다가, 오 선생에게 지나
간 이야기를 대강 했다.
"언니는 언니인데…… 한집에 살지 않아요. 오랫동안 서로 떨어져
서……."
"아, 그랬던가!"
오 선생은 머리를 끄덕끄덕하며 물었다.
"그래, 은주는 몇 반이냐?"
"1반이에요."
"1반? 그런데 나는 1반에서도 은주를 못 봤는데……."

"입학식 날만 나오고, 2주일 동안 앓다가 오늘에야 처음 나왔어요."
"오오, 그랬군."
오 선생은 은주의 기구한 지난날에 대해 안쓰러운 마음이 들었다.
바로 그 때 친구들과 함께 걸어오던 영란이가 오 선생을 발견하고는 명랑한 목소리로 인사하며 반가이 뛰어왔다.
"아, 선생님!"
"오, 영란이냐!"
오 선생도 뛰어오는 영란을 반갑게 맞이했다.
그러나 깡충깡충 뛰어오던 영란의 발걸음이 중도에서 갑자기 얼어붙은 듯이 오뚝 멎었다. 영란의 시선이 무서운 속도로 격렬한 감정을 싣고 은주의 얼굴을 매섭게 쳐다보았다.
"아, 영…… 영란 언니!"
반가운 얼굴로 은주가 한 걸음 영란의 앞으로 나섰을 때, 영란은 홱 하고 얼굴을 돌리며 교실을 향해 뛰어가 버리고 말았다.
그 뛰어가는 영란의 뒷모습을 은주와 오 선생은 멍하니 바라보고 서 있었다.
"은주야, 어떻게 된 일이냐?"
오 선생이 물었으나, 은주는 아무런 대답도 없이 고개를 푹 수그리고 말았다.

30 _ 은주의 성적표

은주와 영란이의 이상한 사이에 궁금증을 느끼면서 오 선생은 교무실로 들어갔다. 교무실로 가면서 오 선생은 5월 초순에 열릴 시내 중학교 음악 콩쿠르에 대해 생각하고 있었다. 5월 초순이면 이제부터 약 한 달밖에 남지 않았는데, 한 학교에서 기악과 성악 부문 각 한 명씩 두 사람을 내보내게 되어 있었다.

오 선생은 기악에서는 피아노를 잘 치는 3학년의 김경숙을 내보내기로 결정하고, 성악에서는 1학년의 이영란을 염두에 두고 있었다. 그러나 영란은 성량에 약간 여유가 없는 것이 마음에 걸렸다. 그래서 다른 적당한 학생은 없는지, 이 애 저 애 마음속으로 열심히 물색하고 있는 중이었다.

'영란이가 성악을 잘하니까, 혹시 같은 핏줄을 받은 은주도 성악에 소질이 있을지 모른다.'

오 선생은 막연한 희망을 가지고 교무실로 들어가서, 곧 서류함에서 신입생의 성적표를 찾아 조사하기 시작했다. 입학 원서와 함께 초등학교에서 첨부해 온 은주의 성적표를 찾기 위해서였다.

"아, 여기 있다!"

오 선생은 은주의 성적표를 손에 들고 무슨 기적이라도 바라는 사람처럼 국어, 수학, 과학, 미술, 체육 등의 성적을 쭉 훑어보다가 마치 고함을 치듯이 중얼거렸다. 음악에서 99점이란, 말하자면 최고 점수였기 때문이다.
"아, 음악 99점?"
오 선생의 막연한 기대는 조금도 틀리지 않고 들어맞았다. 더구나 비고란에 적혀 있는 다음과 같은 글을 발견했을 때, 오 선생은 꿈을 꾸는 기분이었다.

이 학생은 다른 과목도 우수하지만, 특히 성악에는 천재적 소질을 가진 학생임을 음악 평론가인 신채영 선생님이 증명했음.

이와 같은 글을 보자 오 선생은 가슴이 울렁거렸다. 더구나 자기의 육감이 들어맞은 것이 너무나 기뻤다. 오 선생은 음악 평론가로 이름이 높은 신채영 선생을 잘 알고 있었기 때문에 은주에 대한 기대가 한층 더 커졌다.
"됐다!"
무슨 귀중한 보물을 발견한 사람처럼 오 선생은 무척 흥분했다.
"오늘은 1학년 음악 시간이 있지!"
3교시가 1반 음악 시간이다. 2반과 3반은 모두 오후 시간이었다. 오 선생은 약간 흥분한 표정으로 은주네 반의 음악 시간이 오기를 기다렸다.

한편, 운동장에서 영란이가 흘긴 그 날카로운 눈초리는 온순하고 착한 은주의 마음을 또다시 슬프게 했다.

'나는 언니가 너무 반갑고 좋은데, 언니는 왜 나를 자꾸만 꺼리고 싫어할까? 아아, 그 무서운 눈초리!'

은주는 자꾸만 슬퍼졌다. 2교시 수업이 끝나고 모두가 운동장으로 뛰쳐 나갔으나, 은주는 홀로 텅 빈 교실에 멍하니 앉아 있었다. 학생들 사이에선 은주와 영란이가 쌍둥이라는 소문이 나자 창 밖 너머로 얼굴을 구경하러 오는 학생이 많았다.

"아이, 어쩌면 저렇게 똑같을까!"

모두들 이렇게 한마디씩 던지고는 지나갔다.

"야, 참 귀엽게도 생겼다. 내 동생 삼을까?"

그러면서 킥킥 웃으며 지나가는 상급생들도 있었다.

"은주야."

같은 초등학교를 다니던 영순이가 뛰어 들어왔다.

"응?"

은주는 머리를 돌려 영순이를 쳐다보았다.

"네게 언제 언니가 있었니? 지금 밖에서는 야단법석이야. 나도 방금 가 보고 왔는데, 3반에 있는 영란이라는 아이가 어쩌면 그렇게 너와 똑같이 생겼니?"

"……."

은주는 대답을 하지 못했다. 자기와 자매라는 것을 그렇게도 싫어하는 영란이를 자기의 언니라고 말하기가 거북했다.
"그런데 아이들이 걔한테 쌍둥이 자매냐고 물어봤더니, 걔도 너처럼 대답을 않고 '별것이 다 따라다니면서 사람 못살게 군다'고 그랬다더라."
영순이는 마음은 착하지만 주책없는 말을 곧잘 하는 아이였다.
"근데 어쩌면 자기 동생을 그렇게 말하니? 건방지다고, 그 반에선 모두들 걔를 싫어한다더라."
"……."
은주는 그래도 대답이 없더니, 이윽고 쓸쓸한 얼굴을 지으며 말했다.
"그럼 어쩌냐?"
"그래도 얘, 그런 법이 어디 있니? 한어머니 배에서 꼭 같은 날, 같은 시간에 나온 친자매인데…… 아니, 제 동생이 가엾지도 않나 봐?"
"애도 참, 가엾긴 뭐가 가엾니?"
말은 비록 그렇게 했으나, 은주는 점점 서글퍼졌다.
'별것이 다 따라다니면서 못살게 군다고?'
이 한마디가 착한 은주의 마음을 몹시 찔렀다. 그처럼 안 가겠다는 은주를 억지로 등을 떠밀다시피 하여 학교에 보낸 오빠의 고마운 마음은 은주를 기쁘게 하기보다는 아프게 했다.
자기를 낳아 준 친부모를 만난 것도 은주를 기쁘게 하기보다는 자꾸 더 슬프게 했다.
그 때 종이 울렸다. 운동장에서 뛰어놀던 학생들이 음악실로 밀려 들어갔다.

"은주야, 종 쳤어. 음악실로 가자."

영순이는 멍하니 앉아 있는 은주의 손목을 잡고 음악실로 이끌었다.

31_음악실에서

꼬리를 내저으면서 기운차게 뻗어 올라온 칡넝쿨이 2층 음악실 창문가를 파랗게 수놓고 있었다.

4월 중순, 하늘은 드높고 바람은 상쾌했다. 그 하늘처럼 높은 이상과 그 바람처럼 푸른 희망을 한아름씩 품고 학생들은 지금 음악실에서 오 선생이 지도하는 노래 연습을 하고 있었다.

그것은 독일의 유명한 작곡가 슈베르트의 가곡 〈보리수〉였다. 이 노래는 이번 음악 콩쿠르의 지정곡으로 되어 있기 때문에, 오 선생은 특별히 이 곡을 골라서 학생들에게 가르쳐 주는 것이었다.

은주도 〈보리수〉라는 노래를 알고 있었다. 초등학교에서 정식으로 배워서 아는 것이 아니라, 오빠 은철이가 어디서 주워듣고 온 것을 곧잘 따라 부르곤 했었다. 그것을 오늘 은주는 정식으로 배우고 있는 것이다.

그 때 오 선생이 은주의 이름을 불렀다.

"서은주!"

"네"

은주는 갑자기 자기 이름이 불린 것을 이상하게 생각하며 자리에서 조용히 일어났다.

"은주는 이 〈보리수〉 노래를 오늘 처음 배우는가?"

"네, 배우긴 처음이지만……."

은주는 얼굴을 붉히며 말끝을 잇지 못했다.

"아, 전부터 알고 있었나?"

"네, 오빠가 부르는 걸 옆에서 듣고……."

"아, 그럼 됐어. 어디 한 번 불러 봐."

그러면서 오 선생은 다시 피아노 앞에 앉았다. 오 선생의 얼굴에는 그 어떤 희망의 빛이 떠오르고 있었다.

은주의 얼굴은 더한층 새빨개졌다. 은주는 부끄러워서 그만 고개를 푹 숙이고 몸을 한 번 부르르 떨었다.

'선생님이 왜 나한테만 특별히 노래를 부르라는 걸까?'

그 이유를 은주는 통 알 수가 없었다.

"자아, 서은주. 머리를 들고, 정면을 똑바로 바라보며……."

오 선생은 무슨 큰 기적이나 바라는 사람처럼 기대에 찬 얼굴로 말했다.

은주는 가만히 머리를 들었다. 머리를 들고 자세를 바로잡으며 똑바로 정면을 향했다. 주위에서 아이들이 수군수군하는 소리가 들렸다.

"쌍둥이래, 쌍둥이!"

그 소리에 은주는 불현듯 영란이가 생각났다. 영란의 차디찬 눈초리가 자꾸만 마음을 후벼 왔다.

"자아, 맨 처음 구절부터……."

그러면서 오 선생의 손이 "콰앙—" 하고 건반을 눌렀다. 뒤를 이어 은주의 고운 목소리가 맑은 샘물처럼 흘러나왔다.

    성문 앞 우물 곁에
    서 있는 보리수
    나는 그 그늘 아래
    단꿈을 보았네

그 순간, 오 선생의 눈동자가 번쩍 하고 빛났다. 오랫동안 찾아 헤매던 기적을 눈앞에 보는 것처럼 오 선생의 얼굴은 차츰차츰 흥분의 빛을 띠며 긴장해 갔다.

    가지에 희망의 말
    새기어 놓고서
    기쁘나 슬플 때에나
    찾아온 나무 밑
    찾아온 나무 밑

"한 번 더! 처음부터 한 번 더!"
오 선생의 흥분한 목소리가 들려왔다.
교실 안은 조용했다. 기침 소리 하나 들리지 않았다. 오 선생뿐만 아니라, 학생들도 은주의 그 맑고 아름답고 은근한 노래 소리에 그만 취해 버리고 말았다.

"어쩌면!"

학생들 사이에서 감탄사가 터져 나왔다.

"조용, 조용!"

오 선생은 잡음을 막으며 다시금 건반을 눌렀다.

"성문 앞 우물 곁에 서 있는 보리수……."

은주는 다시 노래를 부르기 시작했다.

활짝 열어젖힌 들창 밖에는 푸른 하늘이 펼쳐져 있었다. 꼬리를 저으면서 뻗어 올라간 칡넝쿨에 산들바람이 불고 있었다. 하늘도 맑고 바람도 맑고 노래 소리조차 맑은 순간이었다.

"기쁘나 슬플 때에나 찾아온 나무 밑, 찾아온 나무 밑."

은주의 노래가 끝났다.

"앉아. 서은주, 앉아도 좋아."

오 선생은 피아노 앞에서 기운차게 일어서면서 은주에게 앉으라고 했다. 은주는 상기된 얼굴을 숙이면서 조용히 자리에 앉았다. 가슴이 두근거려 견딜 수가 없었다.

"은주는 신 선생을 잘 아는가? 신채영 선생을……."

오 선생은 흥분한 얼굴빛으로 물었다.

"잘 모르지만…… 언젠가 학교에 한 번 오셔서……."

"학교에? 언제?"

"학예회 때요."

"그 때도 은주는 노래를 불렀었나?"
"네."
"무슨 노래를 불렀지?"
"〈봉선화〉를 불렀습니다."
"음, 〈봉선화〉라……. 그 때 신 선생이 칭찬을 했었지?"
"……."
은주는 대답을 못하고 머리를 푹 숙였다.
"내가 다 알아. 은주는 음악에 천재적인 소질을 가진 학생이라고 칭찬을 했었지?"
은주는 숙였던 머리를 들었다. 오 선생님이 어떻게 그것을 아는지, 이상한 일이라고 은주는 생각했다.
"은주는 〈봉선화〉를 잘 부르는가?"
오 선생은 이번에는 곡을 선정할 셈으로 그렇게 물었으나, 은주는 대답 없이 그저 얼굴만 붉혔다.
"대답을 해야지, 생각이 있어 묻는 것이니까. 바른 대로 대답을 해 봐요. 은주는 〈봉선화〉가 제일 좋은가?"
잠깐 동안 은주는 머뭇머뭇하다가 대답을 했다.
"네…… 〈봉선화〉도 좋지만…… 제가 제일 좋아하는 곡은……."
"그래, 은주가 제일 좋아하는 곡이 뭐지?"
"저…… 〈성불사의 밤〉……."
은주는 자꾸만 부끄러워서 견딜 수가 없었다. 제 입으로 제가 제일 잘

한다는 말을 어떻게 할 수 있겠는가!

"아, 이은상 선생 작사, 홍난파 선생 작곡인 〈성불사의 밤〉! 그 곡을 은주는 제일 좋아한다는 말이지?"

"……."

은주는 그저 부끄러워 머리만 숙였다.

"어디 한번 해 보거라!"

오 선생은 그렇게 말하면서 다시 피아노 앞으로 가 앉았다. 아이들이 다시 수군수군거렸다. 오 선생은 서은주를 이번 콩쿠르에 내보내려는 것이라고, 아이들은 눈치 빠르게 생각했다.

"자, 시─작!"

오 선생이 또 "콰앙─" 하고 건반을 눌렀다.

성불사 깊은 밤에
그윽한 풍경 소리
주승은 잠이 들고
객이 홀로 듣는구나
저 손아 마저 잠들어
혼자 울게 하여라

"지금 들은 서은주의 노래를 여러 학생들은 어떻게 생각해요?"

오 선생은 피아노 앞에서 일어나면서 학생들에게 물었다. 어지간히 흥분한 목소리였다.

"잘해요!"

"참 잘해요!"

"이번 콩쿠르에 꼭 내보내 주세요!"

학생들은 손뼉을 치고 발을 구르면서 저마다 소리를 쳤다. 그 중에는 영순이의 목소리도 섞여 있었다.

"학생들도 그렇게 생각해요?"

오 선생은 아주 만족한 얼굴이었다.

"네."

"네."

"꼭 내보내 주시죠?"

오 선생은 대답 없이 지극히 만족한 얼굴로, 머리만 한 번 끄덕 숙여 보였다.

"와—"

학생들은 모두들 손뼉을 치면서 기뻐했다.

"아, 서은주. 이젠 앉아도 좋아."

그 때까지도 은주는 앉으라는 말이 없어서 그대로 꼬박 서 있었다. 귀 밑까지 얼굴은 빨개졌고, 팔다리가 자꾸만 떨렸다. 은주는 가만히 앉았다.

32 _ 불타는 질투심

점심 시간이 되었다. 점심을 먹고 아이들이 운동장으로 쏟아져 나왔을 때는 벌써 은주의 소문이 교내에 쫙 퍼져 있었다.
"이번 콩쿠르에는 1반의 서은주가 나간대."
"아이, 어쩜 그렇게 노래를 잘 부를까!"
"3반의 이영란도 잘 부른다지 않았어?"
"그렇지만 서은주가 더 잘 부르지. 이영란은 성량이 은주보다 훨씬 못해."
"특히 영란이는 건방져서 싫어."
"같은 쌍둥이 자매라도 성격이 어쩌면 그렇게 다를까?"
이런 말이 운동장 여기저기에 흘러 다녔다. 그리고 그런 말이 영란의 귀에 안 들어갈 리가 없었다.
영란은 기분이 굉장히 나빴다. 은주가 자기보다 노래를 더 잘 부른다는 그 한마디가 가슴이 아프도록 싫었다.
"참, 아니꼬워서! 거지 같은 것이 노래가 다 뭐야?"
영란은 혼잣말로 그렇게 종알거렸다. 다가오는 음악 콩쿠르를 불현듯 생각하니 영란은 마음이 쓰리고 아팠다.
'제까짓 게 노래를 잘하면 얼마나 잘한다고?'
영란은 눈앞이 아찔해지는 것 같았다.

'영란이는 노래를 잘 부르니까, 커서 훌륭한 보컬리스트가 될 거야.'
영란은 이렇게 말해 주던 오 선생님의 말이 생각나자, 가슴이 한층 더 쑤시는 듯이 아팠다.
 '바로 그 오 선생님이 은주의 노래를 칭찬했다는 말이지?'
영란은 분하고 원통해서 견딜 수가 없었다.
 '확실한 말은 안 했지만 오 선생님은 나를 콩쿠르에 내보낼 눈치였는데…… 그 거지 같은 것이 불쑥 뛰어드는 바람에…… 아이, 분해!'
영란은 울고 싶도록 분했다.
오후 맨 마지막 시간이 영란의 반인 3반의 음악 시간이었다.
오 선생은 3반에서도 〈보리수〉 연습을 시켰다. 그리고 역시 수업이 거의 끝날 무렵쯤 해서 오 선생이 영란을 불렀다.
"이영란."
"네."
영란은 두근거리는 가슴을 억제하며 자리에서 일어났다.
"어디 〈보리수〉를 한 번 더 해 봐요."
그러면서 오 선생은 피아노 앞으로 가서 앉았다.
"네."
영란은 대답을 하고 자세를 바로잡으면서 가슴을 약간 앞으로 내밀었다.
"자, 시작!"
영란은 신이 나서 노래를 불렀다. 은주가 노래를 얼마나 잘하는지는 모르지만, 아무리 생각해도 자기보다 나을 리가 없을 것 같았다. 그래서 영란은 모든 역량을 다하여 정성껏 불렀다.

"……가지에 희망의 말 새기어 놓고서, 기쁘나 슬플 때에나 찾아온 나무 밑, 찾아온 나무 밑."

영란이가 노래를 부르는 동안, 오 선생은 열심히 귀를 기울이고 있었다.

그러나 아무리 귀를 기울이고 들어봐도 은주에 비해 성량이 자꾸만 딸리는 것 같았다. 은주라면 여유를 가지고 넘길 수 있는 대목을 영란은 간신히 넘기는 것이다. 은주의 노래에는 자연스러운 맛이 있었지만, 영란의 노래에는 어딘지 모르게 인공적인 데가 자꾸만 섞여 있었다.

"됐어. 이영란, 앉아요."

영란은 자리에 앉은 후, 선생님의 입에서 무슨 반가운 말이 나올 것 같아서 온 정신을 모아 가만히 선생님의 얼굴을 쳐다보았다.

그러는데, 누군가 영란을 대신하듯 오 선생에게 이렇게 물었다.

"선생님, 이번 콩쿠르에는 이영란이 나가죠?"

"아, 그건 아직 결정이 안 됐다."

"그럼 1반의 서은주가 나가요?"

또 다른 학생이 물었다.

"아, 그것도 아직 결정이 안 됐다."

"그래도 서은주가 나간다고, 선생님이 그러셨다는데요?"

"그건 너희들이 참견할 문제가 아니다."

그 때 수업을 마치는 종이 울리자 오 선생은 영란에게 일렀다.
"이영란, 잠깐 음악실에 남아 있어요."
"네."
영란은 마음속으로 은근히 기뻐했다. 오 선생은 분명히 콩쿠르에 관한 이야기를 하려는 것이라고, 눈치 빠르게 생각했기 때문이다. 그러나 다음 순간, 오 선생은 뜬금없이 이렇게 말했다.
"이영란, 1반에 가서 은주를 데리고 와요. 동생 은주를……."
뜻하지 않은 오 선생의 말에 영란은 화들짝 놀라 눈을 크게 뜨며 말했다.
"네?"
"가서 은주를 데리고 와요."
"네."
영란은 하는 수 없이 대답을 하고 복도로 나갔다.
도대체 어떻게 된 일인지 알 수가 없었다. 아니 알 수가 없는 것보다는, 그 거지 같은 은주를 데리러 간다는 것이 영란은 죽기보다도 더 싫었다. 자존심이 깎이는 것 같아서 못 견디게 싫은 것이었다.
'그냥 집으로 가 버릴까?'
그런 생각도 불쑥 들었다. 그러나 그럴 수도 없어서 영란은 뽀로통한 마음으로, 그러나 풀죽은 걸음걸이로 계단을 내려가 1반을 향해 걸어갔다.
은주는 그 때 아이들 맨 뒤에서 영순이와 함께 교실을 나오고 있었다.
"은주야, 네 언니 온다!"

은주는 주춤주춤 걸어오는 영란을 향해 한 걸음 걸어 나갔다.
"오 선생님이 음악실에서 널 부르셔."
영란은 쌜쭉한 얼굴로 그 한마디를 내던지고는 홱 돌아서서 오던 길을 다시 걸어갔다.
"언니!"
은주는 영란의 뒤를 따라갔다. 그러나 영란은 뒤도 돌아보지 않고 현관 쪽으로 걸어가더니 신발장에서 구두를 꺼내 신기가 바쁘게 깡충깡충 운동장으로 뛰쳐나갔다.
"어머……."
은주는 하는 수 없이 우뚝 발걸음을 멈추었다. 그러고는 운동장을 가로질러 쏜살같이 교문 밖으로 뛰어가는 영란의 뒷모습을 멍하니 바라보았다.
"오 선생님이 나를 왜 부르실까?"
은주는 서글픈 마음을 억누르며 2층 음악실로 올라갔다. 영순이가 따라오면서 말했다.
"아마, 널 콩쿠르에 내보내려고 그러시는 걸 거야."
"아니, 내가 어떻게……."
"아냐, 꼭 그럴 거야. 영란인 아마 퇴짜를 맞은 거야. 그러니까 화가 나서 뾰로통해 달아난 거지 뭐야. 하여튼 빨리빨리 올라가 봐."
영순이도 은주를 따라 음악실 문 밖까지 올라가서 문 틈으로 가만히 음악실 안을 들여다보았다.

33_음악 선생님의 제안

"영란이는 어디 갔니?"
은주가 혼자 들어가자 오 선생이 물었다.
"저, 자세히는 모르지만 집으로 갔나 봐요."
"집으로? 왜?"
"글쎄, 그건 잘 모르겠어요. 저더러 음악실로 오라고 하셨다는 말을 하고는 곧 돌아서서 뛰어나갔어요."
"음……."
오 선생은 모든 것을 알아차렸다.
"하는 수 없다. 사람이란, 질투심이 너무 많으면 못쓰는 거다. 더구나 은주는 영란이의 동생이 아니냐? 처음에는 영란이를 콩쿠르에 내보내려고 생각했지만, 암만해도 은주가 영란이보다 실력이 앞서. 그래서 은주를 내보내려고 했는데, 그렇게 되면 영란이가 약간 서운해할 것 같아서 너희 둘이 모두 나갈 수 있도록 이중창을 시키려고 생각한 것이다. 은주는 소프라노, 영란은 알토, 그렇게 생각하고 있었지만……."
오 선생은 거기서 잠깐 말을 끊었다가 다시 계속했다.
"그러나 이젠 하는 수 없다. 영란이가 저렇게 자꾸 삐딱하게 나가면 어쩔 수 없지. 내일 다시 한 번 이야기해 보고, 그래도 듣지 않으면 은주 혼자 독창으로 나가는 수밖에……."

오 선생의 말에 은주는 고개를 확 들면서 힘있게 불렀다.

"선생님!"

"응?"

"선생님, 저는…… 저는……."

"왜 그러느냐?"

"언니를…… 영란 언니를 내보내 주세요. 선생님, 저는 그런 데 나갈 자격이 없어요. 언니를…… 꼭 언니를 내보내 주세요!"

은주는 머리를 숙이고 간절히 청했다. 언니를 빼놓고 자기가 나간다는 것은 은주로서는 도저히 생각도 못할 일이었다. 더구나 그것 때문에 영란 언니의 마음이 더욱 비뚤어져 간다면, 은주는 그것이 더 괴롭고 무서웠다.

그뿐만 아니라, 은주의 지금 심정으로는 그런 화려한 무대에 올라서 노래를 부를 만한 여유가 없었다. 학교에 다니는 것만도 분에 넘치는 행복인데, 그 이상 또 무엇을 바라겠는가! 제발 선생님이 영란 언니를 내보내 주기를 진심으로 바랐다.

"음, 그만하면 은주의 마음을 잘 알았다. 그러나 학교 입장에서는 그럴 수가 없다. 제일 우수한 학생을 내보내는 것이 원칙이니까."

"그래도 선생님, 저보다 영란 언니가 더 우수할 거예요."

은주는 '이럴 줄 알았으면 아까 노래를 부를 때 일부러라도 잘 못 부를걸.' 하는 생각까지 들었다.

"은주의 마음을 잘 알았으니 과히 염려하지 않아도 좋아. 내일 영란이에게 한 번 더 물어보아서 이중창을 하는 수밖에 없다. 그것도 싫다면 그건 할 수 없는 일이니까. 하여튼 은주는 내일부터 방과 후에 남아서 노래 연습을 열심히 해야 되겠다. 그렇게 알고 오늘은 집으로 돌아가도 좋아."

그 한마디를 남겨 놓고 오 선생은 총총히 밖으로 사라져 버렸다.

'일이 왜 이처럼 자꾸 뒤틀려 갈까? 콩쿠르는 왜 또 있어 가지고······ 영란 언니가 오죽이나 마음 아플까?'

은주는 영란에게 무슨 큰 죄나 지은 사람처럼 마음이 무겁고 괴로웠다.

"난 다 들었어. 네가 정말 콩쿠르에 나가게 됐구나!"

밖으로 나오자 영순이가 서 있다가 은주를 반가이 맞이했다.

"넌 어쩌면 그렇게 마음이 고우니?"

"아이, 애도 참!"

둘은 다정하게 교문을 나서 거리로 나왔다.

이튿날, 오 선생은 영란을 음악실로 따로 불러서 은주와 이중창을 하라는 말을 했다.

영란은 샐쭉해서 한마디로 거절했다.

"전 안 나가겠어요."

오 선생은 영란이가 그렇게 대답할 줄 미리부터 짐작했지만, 다시 한 번 물어보았다.
"왜 안 나가려고?"
"그냥 나가기 싫어요."
"왜?"
그러나 영란은 아무 대답도 하지 않고 얼른 외면을 했다.
"너희 자매가 나가서 이중창을 하면 얼마나 좋겠니? 얼굴도 똑같고 노래도 둘 다 잘하고……그렇게 되면 아마 우리 학교가 제일 인기를 끌 거다."
"저보다도 은주가 나으니까 은주를 내보내면 되지 않아요? 저 같은 것이 따라 나갔다가 입상을 못하면 학교 체면이 서겠어요?"
"영란아!"
오 선생은 부드러운 말씨로 영란을 설득했다.
"너희 자매 간에 어떤 사정이 있는지는 모르지만, 언니는 동생을 사랑하고 귀여워해야 할 게 아니냐? 그처럼 자꾸 틀어지면 어떡하니? 더구나 은주는 자기는 그만두고 영란 언니를 꼭 내보내 달라고 부탁하는데. 동생의 귀여운 마음을 영란이가 알아줘야 할 게 아니냐?"
"제가 몰라주는 게 뭐예요? 그러니까 저 대신 은주를 내보내 달라는 거 아녜요? 그럼 되는 거 아니에요?"
"그렇게도 같이 나가는 게 싫으니?"
"싫어요."
"왜?"

"그런 건 선생님, 물으실 필요 없어요. 싫은 건 싫고, 좋은 건 좋은 거지, 특별히 무슨 이유가 있는 건 아니에요."
오 선생은 심각한 표정으로 오랫동안 묵묵히 앉아 있다가, 이윽고 얼굴을 들며 낮은 소리로 말했다.
"음, 잘 알겠다. 내일 아버지든 어머니든 학교로 좀 와 주시면 좋겠다고, 집에 돌아가서 말씀을 드려라."
"······."
영란은 대답을 하지 않았다.
"알겠냐?"
오 선생은 따지는 듯이 물었다
"네, 가서 전해 드리겠어요."
영란은 억지로 대답했다.
이튿날 아침, 영란의 아버지 이창훈 씨가 오 선생을 찾아왔다. 이창훈 씨는 은주의 지난날에 대한 이야기를 비롯해서 영란의 성격에 대한 이야기를 쭉 하였다.
"아, 그렇습니까? 그런 관계였습니까?"
그제야 비로소 오 선생은 모든 것을 알아차렸다.
"영란이는 한번 싫다면 끝끝내 싫은 애니까, 부모의 입장으로서도 어쩔 도리가 없습니다. 모두 다 부모의 잘못입니다. 선생님의 간곡하신 생각은 잘 알겠습니다만, 영란이는 내버려두시고 은주만이라도 잘 지도해 주십시오. 영란이는 자기 스스로 마음이 돌아설 때까지 기다릴 수밖에 없는 아이니까요."
"잘 알겠습니다. 두 아이의 성격을 잘 알았습니다."
그러고는 또 한참 있다가 오 선생은 말했다.
"그러나 영란이도 음악에 대한 소질이 풍부한 애라고 생각합니다. 그러한 고집 역시 음악적 소질에서 출발한 것이 아닐까요? 말하자면 예술가적 기질이라고 해야 할지, 자존심이라고 해야 할지, 너무도 자유롭게 자라났기 때문에……."
"네, 확실히 그런 점도 있습니다. 어렸을 적에는 애가 그처럼 거만하지는 않았는데…… 점점 커 가면서 한층 더……."
"말하자면 가정에서 너무 지나친 자유를 주었기 때문이 아닌가 생각합니다."
"죄송합니다. 모두가 저의 불찰입니다."
이창훈 씨는 면목이 없어 머리를 숙였다. 정말로 민망스러운 일이었다. 잠시 후 이창훈 씨는 가방에서 돈 20만 원을 꺼내어 오 선생에게 건네주며 말했다.
"이것은 은주의 학비로 당분간 선생님께서 좀 맡아 주시면 고맙겠습니다. 약간 가정 사정이 복잡해서요."
"잘 알았습니다. 제가 맡아서 적당히 처리하겠습니다."
오 선생은 그렇게 할 것을 쾌히 승낙했다.

34 _ 영란의 구두를 닦는 은철이

이창훈 씨는 그 후 여러 번 은주의 판잣집을 방문하여 은철 어머니의 병환을 보살폈고, 혜화동 근처에 아담한 방 두 개짜리 집을 얻어서 당분간 그리로 가서 살 것을 권했다. 그러나 은철이와 그의 어머니는 끝내 그것을 사양했다.
"대단히 고마운 말씀입니다만, 당분간 이대로 두어 주세요. 아무래도 저는 얼마 안 가 죽을 것만 같으니, 그 때 은주와 은철이를 돌봐 주시기 바랍니다."
어머니는 자리에 누운 채 일어날 기력도 없이 말했다.
"그건 조금도 염려 마십시오. 은철 군은 제 아들처럼 생각하고 돌보겠습니다."
"고맙습니다."
"지금부터라도 은철 군은 학교에 다녔으면 좋겠는데, 자꾸만 사양을 하니…… 그것도 모두가 영란이 탓입니다. 영란이가 조금만 마음이 따뜻한 아이라면 은철 군의 마음도 조금은 풀릴 것을…… 하지만 이제 얼마 안 가 영란이도 뉘우칠 것이고, 또 은철 군의 마음도 풀릴 것이라고 믿습니다. 그러니 너무 조급히 생각지 말고, 이대로 좀더 두고 보시지요."
그러면서 이창훈 씨는 당분간 필요한 약값과 생활비를 어머니에게 주고 갔다.

"참, 고마우신 어른이다."

어머니는 눈물을 흘리면서 말했으나 은철이는 아무 말도 없었다.

은철이는 다시 종로 4가로 나가서 구두닦이를 시작했다. 은철이를 경찰에 고발한 깨알곰보 봉팔이는 그 후 어디로 갔는지 자취를 감추고 말았다. 사실은 은철이보다 자기가 더 나빴기 때문에, 은철이가 경찰서에서 풀려 나온 것을 알자 경찰의 눈을 피해 어디론가 사라져 버리고 말았던 것이다.

그러던 어느 날 저녁 무렵이었다. 영란은 학교에서 돌아오는 길에 구두를 닦을 마음으로, 쭈르르 앉아 구두 닦는 소년들 앞을 지나다 무심코 한 소년 앞에 한쪽 발을 넌지시 내놓았다.

"잘 닦아 줘요."

영란은 이렇게 말하며 얼핏 소년의 얼굴을 쳐다보다가 그만 깜짝 놀랐다.

"네네. 잘 닦아 드리지요."

은철은 여학생의 구둣발을 들여다보며 신이 나서 솔로 구두의 먼지를 털다가 얼핏 여학생의 얼굴을 쳐다보았다.

"아······."

영란이가 깜짝 놀란 것과 동시에, 은철이도 영란이도 둘 다 얼굴이 새파랗게 질려 있었다. 둘의 입술이 다 같이 부르르 떨렸다.

그러다가 영란이는 차가운 얼굴로 은철을 매섭게 내려다보았다. 은철이는 은철이대로 한 손으로는 영란의 구두 뒤꿈치를 쥐고, 한 손에는 구둣솔을 잡은 채 엉거주춤 앉아서 무서운 얼굴로 영란을 쳐다보았다.
한순간, 두 소년 소녀는 얼어붙은 듯이 동작을 멈추고 말을 잃었다. 그것은 마치 필름이 끊기기 직전의 스크린과도 같은 장면이었다.
다음 순간, 영란은 그만 구두 닦는 판에서 발을 냉큼 내려놓았다.
'내가 왜 하필 너 같은 거한테 구두를 닦아?'
영란은 그렇게 생각하면서 발을 내려놓았던 것이다.
'내가 왜 하필 너 같은 계집애의 구두를 닦아 줘?'
그와 동시에 은철이도 이렇게 생각하면서 발꿈치를 잡았던 손을 탁 거두어 버렸다. 두 소년 소녀의 감정은 서로 날카로워지면서 무섭게 얽혔다.
다음 순간, 영란의 마음속에는 약간의 잔인한 생각이 들기 시작했다. 이러한 경우 보통 아이들 같으면 삐쭉대며 그대로 홱 돌아가고 말겠지만, 영란은 그러지 않고 그냥 그대로 은철이 앞에 오뚝이처럼 오뚝 서 있었다.
"어서 닦아요!"
영란은 계속 버티고 서 있다가 다시 구둣발을 냉큼 올려놓으면서, 거만한 목소리로 명령하듯이 외쳤다. 너무나 잔인하고 건방진 말이 아닐 수 없었다.
"어서 닦으라는데, 사람은 왜 자꾸 쳐다봐?"
영란의 날카로운 한마디가 다시 튀어나왔다. 그것은 실로 무서운 도전이었다.

은철은 그 때까지도 영란의 새침한 얼굴을 무섭게 쏘아보고 있었다. 쏘아보면서 머릿속으로 가만히 생각했다.

'영란이가 필사적으로 걸어오는 이 싸움에 어떻게 하면 이길 수가 있을까?'

보통 애들 같으면 '내가 왜 이 계집애의 구두를 닦아?' 하고 보기 좋게 거절해 버리겠지만, 그렇게 되면 결과적으로 은철이가 지는 셈이 되는 것이다. 언뜻 생각하면 이기는 것 같지만 곰곰이 생각하면 그것은 도리어 지는 것이었다.

보통 애 같았으면 삐쭉거리며 그대로 가 버렸을 텐데 도리어 기가 살아서 달라붙는 영란의 투지를 꺾어 버리려면, 은철은 어떤 일이 있어도 눈앞에 건방지게 내민 영란의 구두를 닦아 줘야 하는 것이다. 그것이 결국 이기는 것이다.

'그래. 아무나 하기 어려운 일을 하는 것이 이기는 길이다! 꾹 참고 이 구두를 묵묵히 닦아야 한다!'

정말로 그렇다. 남이 쉽게 하지 못하는 일을 하는 사람만이 위대할 수 있는 것이다.

옛날 중국 한나라에 '한신'이라는 훌륭한 장군이 있었다. 이 장군이 역경에 처해 있던 어느 날, 우연히 길에서 적군의 부하 몇 사람을 만났다. 그들은 초라한 한신을 비웃으며 길을 비켜 주지 않았다. 그들은 두 다리를 쩍 벌리며 가랑이 아래로 엎드려서 기어 지나가라고 했다. 한신은 훌륭한 장군이라 그 따위 몇 놈을 물리치는 것은 문제가 아니었지만, 그는 묵묵히 그들의 가랑이 밑을 엉금엉금 기어서 지나갔다. 그 꼴을 본 그들은 '하하하하' 하고 큰 소리로 웃어 대었다.

"한신도 이젠 다 됐구나! 일국의 장군이 가랑이 밑을 기어 나가다니."

그들은 그렇게 생각하며 실컷 비웃었다. 그러나 한신은 후에 크게 공을 세워 소하, 장양과 함께 한나라 삼걸의 한 사람이 되었다.

은철은 한신의 이야기를 문득 생각했다.

'물론, 영란은 나를 비웃을 것이다. 그러나 그 어리석은 비웃음을 나는 도리어 비웃어 주어야만 한다.'

그렇게 생각한 은철은 입술을 꼭 깨물면서 영란의 재촉을 달게 받아들였다.

"왜 빨리 안 닦고 멍하니 앉아만 있는 거야?"

"닦지요!"

은철은 순순히 대답하면서 영란의 구두에 솔질을 하기 시작했다.

"잘 닦아요!"

은철은 대답 대신 입술만 꼭 깨물고 있었다. 피가 나도록 깨물며, 묵묵히 영란의 구두를 닦았다. 때를 빼고 약칠을 하고 광을 냈다. 다른 사람들보다 조금도 허술하지 않게, 똑같은 열의와 성의를 다하여 묵묵히 닦았다.

은철이가 구두를 닦는 동안, 영란의 입가에는 승리자로서의 만족한 웃음이 연거푸 떠오르고 있었다.

자기 발 밑에서 엉거주춤하게 앉아 묵묵히 자기의 구두를 닦고 있는 은철의 모습이 약간 가엾기도 했지만, 그보다도 우쭐한 마음이 영란을 여왕과 같은 기분으로 만들어 주었다.

'네까짓 것이 아무리 잘난 척해 봐야 별 수 있어? 돈을 벌려면 닦아야지, 별도리 있냐고?'

은철이의 깊은 속을 알지도 못하고, 영란은 은철이가 다만 돈을 벌기 위해 할 수 없이 하는 행동이라고 생각했다.

'비굴한 자식!'

영란은 그처럼 자기에게 대들던 은철이가 단돈 50원을 벌려고 씩씩거리며 구두를 닦는 모습을 보면서, 자기 같으면 죽으면 죽었지 그런 노릇은 안 할 거라고 생각했다.

'하지만 약간 불쌍하기도 해.'

한편으로는 이런 생각도 들었다. 그래서 구두를 다 닦고 났을 때, 영란은 거지에게 동냥을 주는 셈으로 100원 한 장을 내주며 말했다.

"거스름은 가져도 좋아."

그러나 은철은 묵묵히 50원을 거슬러 주면서 말했다.

"안 가져도 좋아."

그 말에 영란은 힐끔 은철을 바라보다가 하는 수 없이 50원을 받았.

"아니꼬워서 정말……."

영란은 종알거리면서 휙 돌아서서 정류장을 향해 또박또박 걸어갔다.

은철은 입술을 꼭 깨문 채, 또박또박 걸어가는 영란의 뒷모습을 언제까지나 물끄러미 바라보고 있었다.

35_원망스런 음악 콩쿠르

한 주일이 지나고 두 주일이 지나고, 음악 콩쿠르의 날은 점점 가까워 왔다.
그 동안 은주는 오 선생의 말씀을 거역할 수가 없어서 하는 수 없이 매일 남아서 음악 연습을 했다. 그러나 영란을 생각하면 통 마음이 내키지 않았다. 가능하면 자기는 그만두고 영란 언니를 내보내 달라고 여러 번 오 선생에게 말했으나, 그냥 내버려두라고 하면서 오 선생은 신이 나서 음악 연습을 시키고 있었다.
'내가 무슨 병이라도 났으면……'
은주는 진심으로 그렇게 생각했다. 차라리 자기가 병이라도 나서 콩쿠르에 나가지 못하게 되기를 바랐다. 그렇게 되면 자연히 영란이가 나가게 될 것이고, 따라서 자기의 마음도 이렇게 괴롭지는 않을 것이라고 생각했다.
'어떡하면 병에 걸릴 수 있을까?'
조금도 거짓 없이 은주는 자기가 무슨 병에 걸리기를 원했다.
'참기름을 많이 먹으면 배탈이 난다지?'
은주는 불현듯 그런 생각을 했다.
'참기름은 집에도 있는데……'
그것은 벌써 오래전 일이지만, 어머니가 앓아눕기 전에 배탈이 날 때마다 잡수시던 참기름 병이 선반에 놓여 있는 것을 은주는 문득 생각했다.

'그걸 먹을까?'

은주는 이 생각 저 생각에 골똘히 잠겨서 종로 4가까지 걸어왔다.

저녁이 가까운 무렵이었다. 전차 정류장에는 사람들이 쭈욱 줄을 지어 늘어서 있었다. 그러나 어떻게 된 셈인지, 큰길 한 모퉁이에서 구두를 닦고 있어야 할 오빠의 모습이 보이지 않았다. 이상했다.

'오늘은 아침부터 나오지 않았나?'

은주는 은철이보다 먼저 집을 나오기 때문에 오빠가 아침에 일터로 나왔는지 안 나왔는지 알 수가 없었다.

"오늘, 우리 오빠 안 나왔어요?"

은주는 은철의 바로 옆 자리에서 구두를 닦고 있는 소년에게 물어보았다.

"아, 나왔다가 조금 아까 들어갔다. 너의 어머니 병이 갑자기 나빠졌다고, 아까 민구가 뛰어왔었어."

그러면서 소년은 은주의 얼굴을 멍하니 쳐다보았다.

"어머니 병이?"

은주는 깜짝 놀라며 동그래진 눈으로 소년의 얼굴을 바라보았다. 그때 등 뒤에서 누가 불렀다.

"야, 은주야!"

전차 정류장에서 신문을 팔던 민구가 뛰어왔다.

"민구 오빠, 어떻게 된 거야? 우리 어머니가……."
은주는 다급한 마음에 한 걸음 다가서며 민구를 불렀다.
"응, 빨리 가 봐! 아까 내가 신문을 받으러 신문사로 가려는데, 우리 어머니가 오셔서 너의 어머니 병이 갑자기…… 그래서 은철이를 빨리 들여보내라고…… 은철이는 바로 집으로 갔어. 어서 가 봐라. 나도 신문 다 파는 대로 빨리 들어갈게."
민구의 말을 다 듣기도 전에 은주는 정류장으로 다람쥐처럼 뛰어갔다. 은주는 마음이 불안하여 견딜 수가 없었다. 왠지 모르게 불길한 생각이 불쑥 들었다.
'어머니가 혹시 돌아가신 건 아닐까?'
그러한 불길한 생각이 검은 구름처럼 자꾸 은주의 마음속에 떠돌기 시작했다. 눈앞이 갑자기 캄캄해지는 것 같았다.
길게 늘어선 승객의 행렬은 좀처럼 빨리 줄어들지 않았다. 은주는 안타까워서 발을 동동 구르다가, 더 기다릴 수가 없어서 돈암동까지 뛰어가기로 결심하고 길다란 줄에서 빠져나왔다.
은주는 있는 힘을 다해 원남동 쪽으로 달리기 시작했다. 눈물이 자꾸만 앞을 가려 견딜 수가 없었다. 팔소매로 눈물을 닦으며 은주는 총알처럼 뛰었다.
"어머니! 어머니!"
앓아누우신 어머니를 혼자 내버려두고 한가롭게 학교에 갔던 자신이 너무나 미웠다.

'학교가 다 뭐야? 음악 연습이 다 뭐야? 어머니가 돌아가셨을지도 모르는데!'

창경궁 앞을 지나면서는 또 이런 생각이 들었다.

'음악 연습을 하지 않았다면 벌써 집으로 돌아갔을 텐데!'

그러자 은주에게는 콩쿠르가 여러 가지 의미에서 원망스럽기만 했다.

'영란 언니와의 관계도 그렇고…… 아아, 어머니! 조금만 더 살아 계세요!'

은주는 삼선교 다리를 허둥지둥 건너면서 눈물 가득한 얼굴로 하느님에게 빌었다.

'아아, 하느님, 어머니를 살려 주세요.'

길을 걷는 사람이나 길거리에서 뛰노는 아이들이 모두 자기보다 행복해 보였다.

삼선교 개천가를 오른편으로 끼고 은주는 숨이 하늘에 닿을 듯 얼마 동안 달리다가, 군데군데 방공호가 뻥뻥 뚫린 조그만 언덕 위에 외로이 서 있는 자기 집을 불현듯 바라보았다.

은주는 조그만 쪽문이 달린 판잣집 안의 컴컴한 방에 누워 계실 어머니를 생각했다. 그러나 멀리서 바라보이는 자기 집에는 아무런 인기척도, 아무런 변화도 없어 보였다. 은철 오빠도 있는 것 같지 않고, 민구 오빠의 어머니도 오신 것 같지 않았다. 그저 판잣집 하나만 언덕 위에 덩그렇게 있을 뿐이었다.

민구네 방공호 앞까지 다다랐을 때, 은주는 발걸음을 멈추고 가만히 귀를 기울였다. 그러나 언덕 위의 자기 집에서는 아무 소리도 들려오지 않았다. 정신을 차린 은주는 다시금 꼬불꼬불한 언덕길을 단숨에 뛰어 올라갔다. 그러나 자기 집 쪽문 앞까지 다다랐을 때도 집안에선 아무런 인기척도 나지 않았다.
'너무 조용하다!'
집안이 너무 지나치게 조용한 것이 은주는 더더욱 무서웠다. 그래서 은주는 쪽문을 열고 뛰어 들어가면서 커다란 목소리로 불렀다.
"어머니!"
방문이 탁 열리면서 민구 어머니의 얼굴이 불쑥 나타났다.
"은주야!"
그것은 항상 은주를 반기던 어머니의 목소리가 아니라, 은주의 몸뚱이를 와락 부여안으면서 뛰쳐나온 민구 어머니의 울음 섞인 목소리였다.
"은주야! 어머니가…… 어머니가……."
그 말에 은주는 내던져진 오뚝이처럼 서너 걸음 비틀거리다가 방 안으로 들어갔다.
어머니는 이미 저 세상 사람이 되어 있었다.
"어머니!"
은주는 와락 달려들어, 어머니의 뼈만 앙상한 두 어깨를 흔들면서 무섭게 울어 댔다.
"은주야!"

어머니 앞에 머리를 조아리며 조용히 울고 있던 은철이가 그렇게 외치면서 은주를 꽈악 껴안았다.

"조금만 네가 빨리 돌아왔으면…… 10분만 빨리 돌아왔으면 어머니를 뵐 수 있었을 것을……."

은철은 흐느껴 울면서 은주가 늦게 돌아온 것을 안타까워했다.

"어머니는 너를 계속 찾으시면서 돌아가셨단다. 네 이름을 자꾸만 부르시면서……."

"어머니!"

은주는 안타깝게 몸부림을 치면서 어머니를 불렀다. 그러나 이미 세상을 떠나 버린 어머니가 대답이 있을 리 만무했다.

"어머니, 어머니, 용서하세요! 그만 쓸데없는 음악 연습을 하느라고……."

음악 콩쿠르가 은주는 정말로 원망스러웠다.

이리하여 두 남매는 서로 부둥켜안고 하룻밤을 꼬박 울음으로 새웠다.

36 　어머니가 없어도 사람은 산다

이창훈 씨 내외의 도움으로 어머니의 장례식은 무사히 치렀으나, 은주는 자꾸만 음악 콩쿠르가 한스러워 견딜 수 없었다. 마지막 가시는 어머니를 뵙지 못한 것이 모두 음악 콩쿠르 때문이라고 생각하니 가슴이 터질 것처럼 아프고 쓰라렸다. 그뿐만 아니라, 은주의 음악적 소질을 칭찬해 주신 오 선생까지 점점 원망스러워지는 것이었다.
'오 선생님만 아니었더라면, 나는 어머니가 돌아가시기 전에 얼굴을 뵐 수 있었을 텐데……'
은주는 그렇게까지 생각했다.
은주는 콩쿠르에 나가기가 점점 더 싫어졌다. 나가지 않을 수만 있다면 나가지 않게 되기를 마음속으로 바랐다.
장례식을 치른 날 저녁, 이창훈 씨 부부는 은철이와 은주를 앞에 불러 놓고 길게 말했다.
"어머니가 돌아가신 것은 슬픈 일이지만, 사람이란 언젠가는 다 저 세상으로 가는 것이란다. 그러니 너무 지나치게 슬퍼하다가 건강을 해치면 안 돼. 그것은 도리어 불효가 된다. 지나간 일은 지나간 일이고, 산 사람은 또 산 사람으로 앞일을 생각해야지."
이창훈 씨는 잠시 말을 끊었다가 다시 이었다.
"은주도, 은철 군도 외로운 몸이 되었으니 우리 집으로 와서 같이 사는 게 좋을 것 같다. 그리고 은철 군은 지금 한창 공부해야 될 때니까, 구두 닦는 일은 그만 하고 학교에 다니는 게 어떻겠니?"
이창훈 씨 부인도 남편 말에 찬성했다.
"그럼요. 공부란 할 때 해야지, 때를 놓치면 못 하는 것이니까. 은철이도 그렇게 생각하고 은주와 함께 집으로 와서 학교에 다니는 것이 좋을 거야."
그러나 은철은 오랫동안 잠자코 앉았다가 이윽고 얼굴을 들면서 대답했다.
"선생님 말씀 잘 알아들었습니다. 대단히 고마운 말씀입니다. 그러나……."
은철은 말끝을 잇지 못하고 잠시 동안 머뭇거렸다.
"그러나 선생님, 얼마 동안만 저희들을 이대로 두시면 고맙겠습니다. 은주는 물론 선생님의 따님이니까 언제라도 선생님 댁으로 가야 하겠지만, 은주가 지금 곧 선생님 댁으로 간다는 것은 도리어 은주의 마음을 괴롭히는 결과가 될 것 같습니다. 아시다시피 은주와 영란이는 도저히 한집에서 지낼 수 없는 아이들입니다. 그리고 그것은 은주만이 아니고 영란이를 괴롭히는 결과도 될 것입니다."
은철이는 진심으로 그렇게 생각했다. 이창훈 씨 내외의 간절한 마음을 결코 모르는 바가 아니었다. 그러나 영란의 그 오만한 태도를 생각하는 순간, 은철이로서는 도저히 이창훈 씨의 호의를 그대로 받아들일 수 없는 일이었다. 은주를 사랑하는 은철이의 마음은 절대적이었다.

은철이의 이 어른스러운 한마디에 이창훈 씨 내외는 서로 얼굴을 쳐다보면서 머리를 끄덕끄덕했다.
"은철 군의 이야기를 잘 알아듣겠네. 그러면 당분간 이대로 좀더 지내보다가, 기회를 봐서 집으로 들어오는 것이 좋을 성싶네. 영란에게는 나도 잘 타일러 볼 테니까."
"고맙습니다. 좀더 이대로 두어 주십시오. 은주는 제가 힘 닿는 데까지 잘 보호했다가 돌려 보내겠습니다. 은주는 선생님의 따님인 동시에 제 사랑하는 동생이기도 하니까요."
"음, 은철 군이야말로 참으로 건실한 소년이네."
이창훈 씨 내외는 진심으로 은철이의 성실함을 칭찬했다. 그리하여 은철은 다시 구두닦이를 시작했고, 은주는 다시 학교에 나가게 되었다. 오 선생은 여전히 은주에게 음악 연습을 시켰고, 영란은 여전히 은주에게 쌀쌀맞게 굴었다.
그러던 어느 날, 음악 콩쿠르가 모레로 다가온 날 아침이었다. 어머니 없는 쓸쓸한 방에서 아침을 먹고 학교에 가려고 할 때, 은주는 어머니 생각이 불쑥 나서 가슴이 메이는 것 같은 슬픔이 물밀듯이 밀려왔다.
'어머니가 병으로 돌아가신 것은 어쩔 수 없는 일이지만, 난 왜 어머니 돌아가시는 걸 보지 못했을까?'
생각할수록 가슴이 터지는 것 같았다. 게다가 원망스럽기 짝이 없는 그 콩쿠르에 자기가 서슴지 않고 나간다는 것은 돌아가신 어머니에게 또다시 큰 죄를 짓는 것만 같았다.

'정말 나가기 싫다! 정말로 나는 나갈 수 없다!'

은주는 그러면서 선반 위를 쳐다보았다.

'아, 저기 참기름이 있다.'

먼지가 가득 앉은 참기름 병이 선반 위에 놓여 있었다.

은주는 그것을 보자 정신병자처럼 선반 앞으로 천천히 걸어가서 기름병을 내렸다. 병에는 기름이 절반 이상이나 들어 있었다.

'이걸 먹으면 배탈이 나고, 배탈이 나면 기운이 없어서 노래를 못 부르게 되겠지?'

그렇게 생각하자, 은주는 막막하던 가슴이 탁 트이는 것 같으면서 한결 마음이 편해졌다.

은주는 병마개를 뽑아 들고 벌컥벌컥 참기름을 절반이나 마셨다. 눈을 딱 감은 채 메슥메슥해서 토할 것 같은 참기름을 꾹 참고 다 마셔 버렸다.

그 때 은철은 마당을 쓸고 있었다. 은주는 방을 나서면서 말했다.

"오빠, 나 학교 가."

"응, 서둘러 가야겠다."

은철은 비를 든 채, 대문을 나서는 은주의 뒷모습을 애처롭게 바라보았다.

'어머니가 안 계셔도 우리는 열심히 살아야 한다!'

문득 이런 생각이 은철에게 들었다. 그래도 마음 한편으로는 은주에게 또 한 분의 새로운 어머니가 생겼으니 다행한 일이라는 생각이 들기도 했다.

이윽고 은철이도 집 안을 깨끗이 치운 후에 구둣솔과 구두약이 든 조그만 궤짝을 어깨에 메고 집을 나섰다.

37 _ 진정한 예술가란?

영란은 귀에 멍이 들도록 타이르는 어머니와 아버지의 말을 요즈음 매일 들었다. 그러나 본래 꽁한 영란의 마음은 좀처럼 풀리질 않았다.
"너희 두 자매가 같이 나가서 노래를 부르면 얼마나 좋겠니? 똑같이 생긴 너희 두 애가 다 노래를 잘 부른다니 얼마나 좋은 일이냐?"
어머니와 아버지는 입이 닳도록 타일렀으나 영란은 통 듣지를 않았다.
"둘이 다 잘 부른다는 게 아니에요. 은주가 더 잘 부른다는데, 어머니는 알지도 못하고……."
"그럼 어떠냐? 은주는 네 동생이잖니?"
"그러니까 잘 부르는 사람이 혼자 나가면 그만이지, 못 부르는 나까지 덩달아 따라 나갈 필요가 어디 있어요? 얼굴이 똑같이 생겼다는 대접인가요?"
"얘, 영란아, 글쎄 너도 좀 차근차근 생각 좀 해 봐라."
"글쎄, 난 아무리 생각해 봐도 그런 대접 받긴 싫어요."
영란은 뾰로통한 얼굴로 2층으로 뛰어 올라가서는 피아노 앞에 털썩 걸터앉아 악보를 펴놓고, 이번 콩쿠르의 지정곡으로 되어 있는 슈베르트의 〈보리수〉를 치기 시작했다.
"성문 앞 우물 곁에 서 있는 보리수, 나는 그 그늘 아래 단꿈을 보았네……."

피아노에 맞추어 영란은 신이 나서 노래를 불렀다. 노래를 부르면서, 왜 그런지 영란은 자꾸만 서글퍼졌다. 영란은 눈물이 핑 돌았다. 오늘날까지 그 누구에게도 져 본 적이 없는 영란이가 뜻하지 않게 자기 앞에 나타난 은주에게 지고 말다니……. 그것은 피아노와 성악에 모두 자신 있던 영란이에게 성악에 대한 자신감을 잃어버리도록 만들었다.

어른의 세계에서도 그렇고 아이들의 세계에서도 그렇지만, 본래 예술가란 자존심이 유달리 강한 사람들이다. 그러한 영란의 자존심이 은주가 등장한 이후부터 여지없이 짓밟혀 버리고 말았던 것이다.

"콰앙— 우르릉—"

영란은 분하고 기가 막혀서, 피아노 건반을 손으로 쾅 내려치면서 피아노 위에 엎드려 흑흑 흐느껴 울기 시작했다.

'어떡하면 은주에게 이길 수 있을까?'

영란은 눈물 어린 얼굴을 들고 캄캄한 밤하늘을 들창 너머로 내다보았다.

'은주는 대체 얼마나 노래를 잘 부를까? 내일은 은주가 노래 연습을 하는 걸 꼭 한번 들어 봐야겠다.'

영란은 문득 그런 생각을 하면서 마음속으로 중얼거렸다.

'은주가 정말 나보다 노래를 잘 부를까? 은주가 정말 나보다 노래를 잘 부른다면……'

영란은 뚫어질 듯이 밤하늘을 쏘아보며 골똘히 생각했다.

'정말 그렇다면, 분하지만 하는 수 없는 일이 아닌가!'

영란은 입술을 꼭 깨물며 날이 밝기를 기다렸다. 거의 한잠도 이루지 못하고 영란은 밤을 꼬박 새웠다.

'오늘은 꼭 은주의 노래 연습을 지켜봐야지!'

오직 그 한 가지 생각만을 품고 영란은 학교에 갔다.

학교에 들어가자 영란은 먼 발치에서 은주를 바라보았다. 그래도 13년이 넘게 애지중지 길러 주신 어머니를 잃은 은주의 얼굴빛은 한층 더 쓸쓸해 보였다.

'내가 좀 너무한 것도 같아.'

영란은 그런 생각도 약간 들었다.

'은주는 그처럼 나를 따르는데, 내가 너무 지나친 게 아닐까?'

담장 옆에서 유난히 쓸쓸한 얼굴로 먼 하늘가를 멍하니 바라보고 있는 은주의 모습이 무척 외로워 보였다.

자기가 한마디만 먼저 말을 걸어 주면 은주가 무척 기뻐할 거라는 걸 뻔히 알면서도, 영란은 그러기가 죽기보다도 싫었다.

'엊그제 거리에서 신문을 팔던 것이 주제넘게 노래가 다 뭐야?'

그런 생각이 자꾸만 먼저 들었다. 그러다가 또 다음 순간에는, '어쨌든 네 동생이잖니?' 하고 매일 타이르는 아버지와 어머니의 신신당부가 불쑥 머리에 떠오르기도 했다.

'아무리 같은 어머니에게서 나온 자매라도 그처럼 갑자기 나타난 동생이 귀여울 리는 없잖아?'

그런 생각도 들었다.
바로 그때 오 선생이 가방을 들고 영란의 옆을 지나가면서 말했다.
"영란이 아니냐?"
영란은 화닥닥 뒤를 돌아보면서 아침 인사를 했다. 그러나 전과는 달리 무척 쌀쌀한 인사였다.
"영란이가 왜 요즈음 나를 보고 그처럼 쌀쌀하게 대할까? 이상한걸?"
그러면서 오 선생은 영란의 옆 얼굴을 기웃대며 들여다보았다.
"선생님도…… 제가 언제 쌀쌀했어요?"
영란은 외면을 했다.
"그것 보거라. 그게 다 쌀쌀하다는 증거야."
"뭐가 말이에요?"
"나와 이야길 하면 내 얼굴을 봐야지, 외면은 왜 하지?"
오 선생은 빙글빙글 웃으면서 영란을 달래려고 해 보았다.
"아이, 선생님도! 아침부터 왜 절 보고 트집이세요?"
"트집은 무슨 트집?"
"트집이 아니고 뭐예요? 제가 뭐 못할 짓을 했나요?"
"영란아!"
그 때 오 선생은 부드러운 어조로 말했다.
"그러는 게 아니야. 영란이가 참다운 그리고 훌륭한 예술가가 되려거든 허심탄회해야 되는 거야."
"허심탄회가 무슨 뜻이에요?"

"마음을 탁 터놓고 이야기를 해야 되는 거야. 마음속에 갈고리 같은 것이 하나 걸려 있는 한, 절대로 훌륭한 예술가가 될 수 없어. 훌륭한 예술가란 음악이나 하고, 그림이나 그리고, 시나 쓰고 하는 사람을 말하는 게 아니야. 예술보다 먼저 인격이 앞서야 되는 거야. 다시 말하면, 사람이 먼저 돼야만 훌륭한 예술가가 될 수 있는 거야. 영란인, 내 말 알아듣겠니?"

그러나 영란은 아무런 대답도 없이 타박타박 걷기만 했다.

"알아들었으면 오늘부터라도 음악실로 와서 은주와 함께 연습을 해라. 내일모레가 콩쿠르 날이니까 아직 이틀이 남았어. 오늘은 점심 시간에도 연습을 할 테니까, 음악실로 오너라."

"싫어요! 얼굴이 같다는 이유로 대접받기는 싫어요!"

그 한마디를 남겨 놓고 영란은 교실로 뛰어 들어가 버리고 말았다.

38 _ 몰래 엿들은 은주의 노래

오전 네 시간이 끝나고 점심 시간이 되었다.
영란은 이 점심 시간을 무척 기다렸다. 점심 먹는 것도 잊어버리고 영란은 교실을 빠져나와 2층으로 살그머니 올라갔다. 그러고는 음악실 문 밖에 우두커니 서서 가만히 귀를 기울였다.
음악실 안에는 오 선생과 은주가 있었다. 오 선생의 목소리가 두런두런 흘러나왔다. 영란은 무슨 이야기를 하는지 궁금해 귀를 바싹 문 틈에다 갖다 댔다.
"어머니를 여읜 것도 슬픈 일이기는 하지만, 은주에게는 또 한 분의 어머니가 계시다는 것을 잊어서는 안 돼. 은주야, 알겠니?"
오 선생의 엄숙한 목소리였다.
"네."
은주의 힘없는 대답도 들렸다.
"돌아가신 어머니에 대한 효성을 지금 살아 계시는 어머니와 아버지에게 바치는 것이 오늘 서은주의 갈 길이라는 것을 잘 알아야 해."
"네."
"자식 된 사람이 부모에게 효도를 하려고 생각했을 때, 이미 그 부모는 이 세상에 없더라……. 옛날 한시에 이런 말이 있어. 이것이 무슨 뜻인가 하면, 자식 된 사람이 부모를 잘 모시려면 살아 계실 때 모셔야지, 돌아가신 후에는 아무리 효성이 지극해도 잘 모실 도리가 없다는 뜻이야. 그러니 은주에게는 또 한 분의 어머니와 아버지가 계시다는 것이 참으로 다행한 일이라고 생각해야 돼."

"네."

"영란이와의 관계가 약간 까다롭겠지만, 그것도 결국 시간 문제야. 영란이가 훌륭한 음악가가 될 수 있는 사람이라면 반드시 후회를 하고 은주를 반겨 맞이할 거야. 영란이도 은주 못지않은 음악적 소질을 가진 아이니까. 다만 가정의 분위기가 너무 자유롭다 못해 방임해서, 도리어 탈이 된 거지. 영란이는 성악보다 피아노에 더 소질을 가진 학생이라고 나는 보는데……."

오 선생은 시계를 들여다보더니 말했다.

"자아, 그럼 연습을 하자. 내일모레니 이틀밖에 안 남았다."

오 선생은 피아노 앞으로 가 앉으며 뚜껑을 열었다. 그러다가 문득 은주의 얼굴을 살피며 말했다.

"그런데 은주, 어디가 아픈가? 얼굴빛이 별로 안 좋은데……."

"아니에요. 괜찮아요. 뱃속이 약간……."

"뱃속이?"

오 선생은 이마에 주름살을 지으며 근심스러운 표정을 지었다.

"괜찮다면 시작하자!"

"네."

은주는 참기름이 뱃속에서 자꾸만 꾸르륵 꾸르륵 소리를 내는 것을 느꼈다. 그러나 일단 피아노에 맞추어 열심히 노래를 불렀다.
누구나 다 옷깃을 여미게 하는 성스러운 멜로디가 맑은 샘물이 흐르듯 은주의 입으로부터 고요히 흘러나왔다. 그 순간, 가만히 귀를 기울이고 있던 문 밖의 영란이는 자기도 모르는 사이에 잔뜩 긴장했다. 그러다가 긴장했던 영란의 얼굴이 이번에는 황홀한 꿈속을 걷는 사람처럼 부드러운 감격과 함께 빛나기 시작했다.
"아아, 저 맑고도 거룩한 노래! 은주는 확실히 나를 이겼다!"
영란의 입 속에서 그 한마디가 조금도 서슴지 않고 흘러나왔다.
"나는 확실히 졌어! 은주에게 졌다."
영란은 조금도 거짓 없이 그것을 인정했다.
예술가를 이기는 단 하나의 힘은 예술밖에 없다. 따라서 음악적 소질을 남달리 풍부하게 타고난 영란이를 이길 수 있는 단 하나의 길은 음악밖에 없었다. 은주에 대한 그 혹심한 냉대와 무서운 영란의 질투심을 꺾을 수 있는 방법은 힘도 아니고, 권력도 아니며, 또한 금력도 아니다. 오로지 하나, 음악밖에는 없는 것이다.
그리고 은주의 그러한 아름다운 노래에 조금도 거짓 없이 감동할 수 있는 영란이 또한 훌륭한 음악가의 소질을 타고난 사람이 아닐 수 없었다. 조금 전까지만 해도 은주를 얕보고 비웃던 영란이가 아니었던가. 그 영란이가 지금 진심으로 은주의 노래에 취해 버린 것이다. 음악의 힘, 따라서 예술적 힘이야말로 온갖 미움과 질투를 초월할 수 있는 위대한 힘이 아닐 수 없다.

가지에 희망의 말

새기어 놓고서

기쁘나 슬플 때에나

찾아온 나무 밑

찾아온 나무 밑

정확한 리듬과 맑은 음정의 엄숙한 멜로디 그리고 그 풍부한 성량은 도저히 영란으로선 따라갈 수 없는 훌륭한 노래였다.

질투로 인해 오 선생까지 좋지 않게 생각했던 영란의 날카로운 감정이 눈 녹듯이 사라지는 순간이 마침내 왔다. 선생님의 말씀도, 부모님의 말씀도, 누구의 말에도 귀를 기울이지 않던 영란이가 마침내 귀를 기울이게 된 것은 은주의 아름다운 노래 소리였다.

음악실 밖에서 영란은 눈물을 흘리면서 지난날의 자기 행동을 진심으로 뉘우치기 시작했다. 부끄러움이 일시에 복받쳐 올라왔다.

영란은 마침내 손을 뻗쳐 꿈결처럼 손잡이를 잡아당겨 음악실 문을 열고 안으로 한 발 들어섰다.

"아, 영란이가 아니냐?"

오 선생은 피아노 앞에서 벌떡 몸을 일으키며 반가운 얼굴로 영란을 맞이했다. 오 선생의 입장에서 볼 때, 그것은 하나의 기적임에 틀림없었다. 바로 네 시간 전까지도 음악 연습을 거절했던 영란이가 아니었던가. 그 영란이가 지금 눈물을 흘리면서 음악실 문을 열고 들어온 것이다.

"언니!"

은주도 너무 기쁜 마음에 달려가서 영란의 손을 꼭 잡아 쥐었다.

"언니, 왜 울어? 누가 어쨌어?"

그러면서 은주는 영란의 손을 잡아 흔들었으나 영란은 아무런 대답이 없다.

"언니, 누구하고 싸웠어?"

은주의 착한 마음씨는 진심으로 영란의 울음을 걱정했다.

"은주야!"

그 순간, 영란은 갑자기 목 메인 소리로 은주의 이름을 부르며 은주의 몸을 꽉 부여안고 흑흑 흐느껴 울기 시작했다.

"은주야! 내 동생 은주!"

영란은 은주를 부여안고 감격과 후회로 몸부림쳤다.

39 새로운 출발

은주는 눈이 동그래지며, 영란의 갑작스런 변화가 도대체 무엇 때문인지를 통 알 수가 없었다. 자기를 그처럼 싫어하던 영란이 왜 이토록 자기를 안고 자꾸만 흐느껴 우는지 도무지 영문을 알 수 없었다.
그러한 생각은 오 선생도 마찬가지였다.
그러나 오 선생은 묵묵히 피아노 앞에 그대로 앉아서, 두 소녀의 이 감격적인 광경을 심각한 표정으로 가만히 바라보고 있었다.
"언니, 왜 울어?"
은주는 영란의 어깨를 또다시 흔들었다.
"은주야! 용서해 줘!"
울음 섞인 목소리로 영란은 마치 애원하듯이 말했다.
"언니, 나보고 뭘 용서하라는 말이야?"
이처럼 갑자기 변해 버린 영란의 태도를, 은주는 헤아릴 수 없는 감정으로 바라보았다.
"은주야, 나는…… 내가 정말 너무했어! 너를 보고, 나를 그처럼 따르는 너를 보고 나는 왜 그처럼……."
영란은 더 이상 말을 잇지 못했다. 그 동안 못되게 군 것을 뉘우치는 순간, 영란은 자꾸만 자기의 표독스러운 마음이 후회되었다.
"그처럼, 그처럼 훌륭한 노래를 부르는 너를…… 나는 쓸데없이 자꾸만 시기했어! 은주는 마음씨도 착하지만 정말로 훌륭한 성악가가 될 거야. 나는 아무것도 아니야! 은주 너에 비하면 나는 아무것도 아니야!"
"아이, 언니도……."
그 때 비로소 은주는 영란의 마음을 알았다.
"언니, 영란 언니! 무슨 그런 말을…… 언니가 나보다 잘하지, 내가 어떻게 언니를……."
오 선생은 이제 모든 것을 짐작하고 깊은 감동에 사로잡혔다.
"음."
오 선생은 감격에 넘친 신음 소리를 내면서 천천히 피아노 앞에서 몸을 일으켰다. 그리고 팔짱을 낀 채, 서로 부여안고 흐느껴 우는 쌍둥이 자매를 물끄러미 바라보았다.
은주도 갑자기 설움이 복받쳐 올라와 견딜 수가 없었다. 영란이 이처럼 모든 것을 후회하고 진심으로 자기를 동생이라고 불러 주자, 외롭고 허전하던 마음이 갑자기 행복해지는 것 같았다.
"아아, 영란 언니!"
"내 동생 은주!"
은주와 영란은 서로 부둥켜안고 자꾸만 울었다. 암만 울어도 설움은 조금도 덜어지지 않고 눈물이 계속 펑펑 쏟아져 나왔다.
"어머니가 돌아가셔서 얼마나 슬프겠니?"
그러면서 영란은 눈물 어린 얼굴을 들고 은주의 얼굴을 다정스럽게 들여다보았다. 똑같은 얼굴이었다. 자기와 똑같은 얼굴이 또 하나 눈앞에 있었다.

"언니가, 영란 언니가 생겨서 나는 좋아! 정말로 나는 행복해!"

은주는 얼굴을 들어 영란을 빤히 바라보았다. 똑같은 얼굴이었다. 자기와 똑같은 얼굴이 또 하나 눈앞에 있었다.

"은주야, 용서해줘."

"언니, 그런 말 하지 마."

"이렇게 착한 너를 나는 공연히 못살게 굴었지! 나는 정말 무서운 벌을 받을 것 같아."

그 때까지 한마디의 말도 없이 두 소녀의 행동을 흐뭇한 얼굴로 바라보던 오 선생이 비로소 입을 열었다.

"아니다. 영란이는 누구한테도 벌을 받지 않아도 돼. 오늘 이 자리에서 있었던 영란의 행동은 용감하고, 참 아름다운 행동이었다. 그걸로 충분해."

영란은 머리를 돌려 오 선생을 덤덤히 바라보았다.

"영란이야말로 참다운 예술가, 참다운 음악가가 될 충분한 소질을 가진 학생이다."

"아, 선생님!"

영란은 뛰어가서 오 선생의 품안에 얼굴을 파묻으면서 외쳤다.

"선생님, 저를 용서해 주세요!"

"오냐, 오냐!"

오 선생은 영란의 머리를 인자하게 쓰다듬으며 말했다.

"내가 너를 용서하기 전에 하늘이 이미 너를 용서했고, 은주의 훌륭한 노래가 이미 너를 용서했다. 온갖 것에 굴할 줄 모르던 영란이가 오늘 은주의 노래에 감동했다는 것은 영란이가 훌륭한 예술가적 양심을 가졌다는 사실을 증명하는 것이지."

그렇다. 예술가의 소질을 가진 사람 가운데는 영란이와 같은 거만한 성품의 소유자가 때때로 있다. 그러나 아무리 재주가 뛰어나도 참다운 예술 앞에 머리를 숙일 줄 모른다면, 영원히 참다운 예술가가 될 수 없다. 모든 허영과 체면을 용감하게 내던지고 그 예술 앞에 머리를 숙일 줄 아는 사람만이 진정한 예술가가 될 수 있기 때문이다.

"영란이는 오늘 용감하게 예술가의 양심을 되찾았단다. 영란이는 훌륭한 음악가가 될 수 있는 소질을 가졌어. 성악은 은주보다 약간 부족한 것 같지만, 그 대신 영란이는 피아노에 대한 소질이 아주 우수한 것 같다. 한 사람이 성악과 기악을 둘 다 잘하기는 드문 일이지."

오 선생은 울고 있는 은주의 손을 잡아당겨 영란이와 함께 자기 품에 안으며 말했다.

"너희 자매는 둘 다 훌륭한 음악가가 될 거야. 그리고 이번 콩쿠르에 너희 둘이 나가게 되면 우리 학교는 단연 우승할 것이다."

그 순간 영란은 불현듯 머리를 들며 오 선생을 불렀다.

"선생님!"

"응?"

"선생님, 제 노래는 아무리 생각해도 은주만 못해요. 그런데도 무리해서 이중창을 하면 은주의 훌륭한 노래가 저 때문에 깎일 것 같아요. 그래서 저는 그만두겠어요. 저 때문에 은주의 실력이 충분히 발휘되지 못한다면 그건 너무 억울한 일이니까요."
"아이, 언니도, 무슨 말을…… 언니가 나가야 돼. 나는……."
은주의 뱃속에서 참기름이 자꾸만 꾸르륵거렸다. 아랫배에 힘이 받쳐지지가 않아 이대로 가면 기운이 다 빠져서 정말로 자기는 노래를 부를 수 없을 것 같았다.
그런 줄은 꿈에도 모르는 영란이 말했다.
"아니야. 은주야, 조금도 미안해하지 마. 나는 진심으로 은주의 성공을 빌고 있어."
"아냐, 나는 아무래도……."
"음, 영란의 말도 그럴듯하다."
그 때까지 무언가를 골똘히 생각하고 있던 오 선생이 쌍둥이 자매의 모습을 잠시 동안 바라보다가 말했다.
"됐다. 그럼 이렇게 하자. 이중창은 그만두자. 대신 은주는 은주대로 독창을 하고, 영란이는 피아노 반주를 하기로 하자. 그러면 둘 다 자기의 특기를 발휘할 수 있으니까."
오 선생은 두 자매를 다 콩쿠르에 내보내고 싶은 충동을 느꼈다.
"모습이 똑같은 너희 쌍둥이 자매가 무대에 올라가면……."
오 선생은 그 때의 광경을 상상하자 조금씩 흥분되었다.

"어때, 영란아? 참 좋은 생각이지?"

그 말에 영란이도 흥분된 목소리로 힘차게 대답했다.

"선생님 감사합니다. 그렇게 해 주신다면 저는, 저는 열심히 하겠습니다!"

"음, 그럼 됐어! 자아, 지금은 시간이 없으니 이따가 방과 후에 한 번 연습을 해 보자."

오 선생은 신이 나서 그렇게 말하며 시계를 들여다보았다.

그 때, 종이 땡그랑 땡그랑 울렸다. 점심 시간이 끝나고 오후 수업 시작을 알리는 종소리였다.

40 _ 은주의 배탈 소동

오후 수업이 끝나자 음악 연습은 다시 시작되었다.
영란은 피아노를 치고 은주는 노래를 불렀다. 오 선생은 의자에 걸터앉아서 지그시 눈을 감고, 가만히 귀를 기울이고 있었다.
"다시 한 번!"
오 선생은 눈을 감은 채 그렇게 말했다. 영란의 반주에 맞춰 은주는 노래를 다시 불렀다.
"음."
영란의 반주는 생각 이상으로 좋았다. 영란의 손은 좋은 터치를 가지고 있었기 때문에 음색이 아주 맑고 둥글었다. 템포도 정확했다.
오 선생은 그 사실을 영란에게 자세히 설명해 주고 나서 이렇게 말했다.
"이번 콩쿠르의 기악 부문에는 3학년의 김경숙이가 나가서 피아노를 치지만, 내년에는 영란이가 나가도 좋을 것 같구나. 역시 영란이는 성악보다 기악이 더 낫다."
오 선생의 그 한마디가 영란을 무척 기쁘게 한 것은 두말할 것도 없다. 절망에서 희망으로 영란의 감정은 화려하게 타오르고 있었다.
"그런데……."
오 선생은 얼굴을 은주에게로 돌리면서 물었다.
"영란이의 반주는 그만하면 손색이 없는데, 은주는 어째 그리 기운이 없지?"

그러면서 오 선생은 은주의 얼굴을 자세히 바라보았다.

"……."

은주는 아무런 대답도 하지 않고 가만히 고개를 숙였다.

"어디, 한 번 더!"

그래서 다시 노래가 시작되었다. 그러나 노래가 끝났을 때도 오 선생의 얼굴빛은 밝아지지 않았다.

"이상한걸! 아무래도 은주의 노래에 힘이 없어졌다. 은주, 어디 몸이 좋지 않니?"

오 선생은 그러면서 뚜벅뚜벅 걸어와서 은주의 이마에 손을 대 보았다.

"열은 없는데…… 배탈이 난 게 아니냐? 배탈이 나면 기운이 빠지는 법인데."

그래도 은주는 잠자코 있었다. 점심 때부터 은주는 벌써 세 차례나 화장실 출입을 했다. 기운이 쭉 빠지고 맥이 풀려서 노래가 목구멍에서만 맴도는 듯했다.

"어디, 다시 한 번!"

오 선생이 다시 노래 연습을 재촉함과 동시에 영란의 피아노 소리가 울려 나왔을 때, 은주는 그만 책상 위에 탁 엎어지면서 흑흑 울기 시작했다.

"아니, 은주야!"

오 선생은 깜짝 놀라며 교단에서 뛰어 내려왔다.

"어머, 은주야!"

영란도 뛰어왔다.

"은주야, 왜 그래? 어디가 아프니?"

오 선생은 은주의 어깨를 잡아 일으켰다.

"은주야, 너 어디 아프니?"

영란이도 은주를 안았다.

"아, 선생님!"

"오냐, 어서 말을 해 봐라."

"선생님, 죄, 죄송합니다! 선생님 뵐 낯이 없어요!"

은주는 괴로운 듯이 헉헉대며 입김을 내뱉었다.

"뵐 낯이 없다니, 무슨 말이냐? 어서 자세히 말을 해 봐라."

오 선생은 가슴이 뜨끔했다. 내일모레가 대회 날인데, 이 귀중한 시기에 은주가 앓아누우면 큰일이었다.

"선생님, 저는 아무래도 대회에 나갈 수 없을 것 같아요."

"응?"

오 선생과 영란은 다 같이 놀랐다.

"이렇게 될 줄 모르고…… 영란 언니가 저를, 이처럼 좋아해 줄 줄 모르고…… 그만 저는……."

은주는 결국 오 선생 품에 얼굴을 묻으며 사실을 털어놓았다.

"저는 그만두고…… 영란 언니가 콩쿠르에 나가게 하려고…… 아침에 집을 나올 때, 기름을…… 참기름을 마셨어요."

"뭐라고?"

"어머나?"

뭐라고 말할 수 없는 커다란 충격으로 인해서 오 선생과 영란은 입을 딱 벌렸다.

"은주야, 너는 왜 그런 쓸데없는 짓을 했느냐?"

그러면서도 오 선생은 은주의 지나치게 착한 마음씨에 눈시울이 뜨거워졌다.

"어머나! 은주야?"

영란도 찡한 마음에 주르르 눈물을 흘렸다.

자기는 그처럼 쌀쌀맞게 은주를 냉대했는데, 어쩌면 은주는 자기를 그렇게까지 소중하게 생각하고 있었을까! 그러한 은주의 곱고 착한 마음씨를 생각하니, 미안한 마음은 자꾸만 꼬리를 물고 복받쳐 오르고 눈물은 폭포수처럼 펑펑 쏟아져 나왔다.

"자아, 이러고만 있을 게 아니라, 빨리 병원으로 가야겠다."

오 선생과 영란은 은주를 데리고 허겁지겁 음악실을 나왔다.

이윽고 학교 바로 앞에 있는 조그만 병원으로 세 사람은 들어갔다. 의사는 이 학교 출신이었다.

"얼마나 먹었니?"

"반 병쯤 먹었어요."

"무슨 병으로 반 병?"

"커다란 약병으로요."

"음."

의사는 은주의 배를 이리저리 진찰해 보고 나서 말했다.

"내일모레까지는 힘들 것 같습니다. 이런 경우에는 별로 손을 쓸 여지가 없어요. 저절로 뱃속에 있는 음식물이 다 나오기를 기다릴 수밖에 없지요."

"모레까지는 어떻게 해서든지 기운을 회복해야 합니다."

오 선생은 초조한 목소리로 말했다.

"기름을 너무 많이 먹었기 때문에 위가 좀 약해졌어요. 그러니까 무거운 음식은 피하고, 죽 같은 가벼운 음식을 먹어야 합니다."

의사는 영양을 보충하는 의미에서 포도당 주사를 한 대 놓아 주었다.

"내일 아침부터 죽을 조금씩 먹여 주세요."

이리하여 결국 은주가 기운을 회복할 때까지 시간이 흐르기만을 기다릴 수밖에 없었다.

41_아름다운 부탁

그날 밤, 영란은 어머니와 함께 돈암동 은주네 판잣집을 찾아갔다. 영란은 오늘 하루 동안에 생긴 일을 조금도 숨김없이 이야기하여 어머니를 무척 기쁘게 했다.
아버지는 며칠 전 대구로 출장을 가고 없었다.
은주는 자꾸 설사를 했을 뿐, 다른 데는 별 탈이 없었다. 그저 힘이 쭉 빠지고 기력이 없을 뿐이었다.
"은주야, 제발 빨리 나아 줘."
영란은 은주의 머리맡에 쪼그리고 앉아 은주의 손을 꼭 쥔 채 말했다.
"너희들이 이처럼 사이가 좋아지다니, 엄마는 꼭 꿈을 꾸고 있는 것 같구나!"
어머니는 너무 기뻐서 눈물을 글썽거렸다.
"아버지가 이 일을 아시면 얼마나 기뻐하시겠니?"
어머니에게는 정말 꿈같은 일이었다. 영란의 마음이 이처럼 갑자기 돌아선 것은 참으로 뜻밖이었기 때문이다. 은주의 노래가 얼마나 훌륭하기에 그토록 까다롭던 영란의 마음이 이렇게 갑자기 부드러워졌을까? 음악의 세계를 통 이해할 수 없는 어머니로서는 꿈을 꾸듯 신기한 일이 아닐 수 없었다.
"은주야, 하루속히 나아서 엄마가 네 노래를 한번 들어 볼 수 있게 해 줄래? 영란이가 그처럼 감동할 만큼 네 노래가 훌륭하다니, 어쩌면 네가 그렇게……."
어머니는 기쁨과 근심 어린 얼굴로 은주의 손을 꼭 쥐었다.
"어머니!"
은주는 비로소 이창훈 씨 부인을 어머니라고 불러 보았다.
"그래, 은주야. 네가 날 보고 드디어 어머니라고 불러 주었구나! 이 엄마는 참으로 기쁘다. 온 세상을 얻은 것처럼 기쁘다."
"어머니, 정말 제 노래를 듣고 싶으세요?"
"그럼! 듣고 싶다마다! 네가 노래를 부르고 영란이가 반주를 하고…… 그 얼마나 기쁜 일이야?"
"정말 그러시다면 빨리 나을게요."
"암, 꼭 나아야지! 내일 하루만 가만히 누워 있으면 모레는 꼭 나을 거다."
그 때까지 은철은 심각한 얼굴을 하고서, 세 사람이 주고받는 이야기를 묵묵히 듣고만 있었다. 영란에 대한 은철이의 감정이 쉽게 풀리지 않았기 때문이다. 그래서 은철이는 계속해서 무뚝뚝한 표정으로 입을 꼭 다물고 앉아만 있었다.
한편, 영란이도 역시 어딘가 마음에 가시가 하나 걸린 것 같은 태도로 은철을 대하지 않을 수 없었다. 은주에게 대하는 것처럼 그렇게 쉽게 감정이 부드러워지지 않았다. 은철에게 조금 너무했다는 생각은 들었으나, 그렇다고 자기 쪽에서 먼저 머리를 숙이고 들어갈 생각은 아직 없었다.

영란은 은철이가 먼저 자기에게 부드러운 말을 건네오기 전에 자기 쪽에서 먼저 말을 붙이기는 싫었다. 은주에게는 음악을 사랑하는 동지로서 씻은 듯이 감정을 풀어 버렸지만, 은철에 대해서는 그렇지가 못했다. 그것은 영란이와 은철이가 서로 처음 만났을 때의 기억이 대단히 나쁜 탓이었다.

은철이가 경찰에게 끌려 혜화동 영란의 집으로 왔을 때의 첫인상이 서로 너무 나빴었다. 은철이는 남의 돈을 훔친 죄인의 신분으로 영란을 만났고, 영란은 또 영란대로 그러한 죄인의 신분을 가진 은철을 너무나 꼬장꼬장한 태도로 대했던 것이다.

그러한 두 사람의 감정이 그리 쉽게 풀리긴 어려운 일이었다. 영란이도 물론 어머니와 아버지에게 들은 것이 있어, 은주를 그처럼 귀여워해 준 은철의 마음을 모르는 것은 아니었다. 그러나 아직 나이가 어린 영란으로서는 은철이의 성실한 성품을 잘 모르고 있었다. 더구나 자기의 구두를 묵묵히 닦아 준 은철의 태도를 영란이 아직도 비굴하게만 생각하는 것이 탈이었다.

"은철이도 이제부터는 영란이와 사이좋게 지내야지. 아직 영란이가 철이 없어서……."

어머니가 둘의 사이를 가깝게 하기 위해 그런 말을 했을 때도, 은철이와 영란은 벙어리처럼 입을 꽉 다물고만 있었다.

"영란이도 이제부터는 은철이를 오빠처럼 생각하고…… 서로 믿고 서로 아끼고, 그래야 된다."

그래도 두 소년 소녀는 끝끝내 입을 열지 않았다.

그 때 은주가 은철을 불렀다.

"오빠!"

"응?"

은철은 은주를 향해 얼굴을 들었다.

"영란이 언니를 사랑해 줘, 응?"

"……."

"남이 잘 못하는 것을 하는 사람이 훌륭하다고, 오빠는 나보고 늘 그런 말을 했었잖아?"

"으, 음."

은철이는 대답도 거절도 아닌 괴상한 신음 소리를 냈다.

"그리고 언니!"

은주는 그다음에 영란을 찾았다.

"응?"

영란도 얼굴을 들었다.

"은철 오빠를 사랑해 줘, 응?"

그러면서 은주는 힘겹게 말을 이었다.

"은철 오빠는 절대로 언니가 생각하는 것처럼 나쁜 사람이 아니야. 두고 보면 알겠지만, 우리 오빠는 이 세상에서 제일 좋은 사람이고, 훌륭한 사람이야. 언니가 나를 정말로 좋아한다면 우리 오빠도 같이 좋아해 줘, 응?"

아름다운 부탁이었다.

영란은 입술을 꼭 깨문 채 은주의 얼굴을 보면서 손을 한층 더 힘주어 잡았다.

그러나 그것 역시 대답인지 거절인지, 은주로서는 분간할 수가 없었다.

이튿날 아침, 영란은 학교에 가는 길에 돈암동 은주의 집에 들렀다.

영란은 맛있는 죽을 조그만 냄비에 하나 가득 가지고 와서 은주에게 권하며, 걱정스럽게 물었다.

"좀 어떠니?"

"이젠 좀 괜찮아. 오늘 하루만 지나면 나을 것 같아."

"이 죽 먹어 봐. 내가 끓인 거야."

"언니, 고마워."

은주는 빙그레 웃었다. 영란도 같이 웃으며 말했다.

"오늘 대구로 아버지한테 전보 칠래. 어떤 일이 있어도 오늘 밤엔 꼭 돌아오시라고…… 그래야 내일 음악 콩쿠르에 구경 오실 수 있잖아?"

둘은 서로 마주 쳐다보며 생긋 웃었다.

"언니, 학교 가면 오 선생님한테 말씀 잘 해줘. 내일은 어떤 일이 있어도 나가겠다고……."

"응, 염려 마. 오 선생님, 무척 기뻐하실 거야. 그럼 나 학교에 갈게. 가만히 누워 있어. 이따 12시쯤 어머니가 또 먹을 것 가지고 오실 거야. 바이, 바이."

"바이, 바이."

영란은 방을 나섰다.

그 순간, 두부를 사러 나갔던 은철이가 대문을 열고 들어왔다. 둘은 마당 한복판에서 딱 마주치게 되었다.

"……."

"……."

두 소년 소녀는 잠시 서로의 얼굴을 마주 쳐다보았다. 그러나 어느 쪽에서도 먼저 말을 건네지 않았다.

다음 순간, 둘은 무슨 약속이나 한 듯이 몸을 홱 돌리며 하나는 책가방을 들고, 하나는 두부 그릇을 들고 각기 제 갈 길을 갔다. 하나는 대문 밖으로, 하나는 부엌 안으로.

끝끝내 둘은 단 한마디 말도 나누지 않고 헤어지고 말았다. 은주의 간곡하고도 아름다운 부탁도 끝내 허사로 돌아간 것이다.

42_정류장에서 생긴 일

그 날, 영란은 점심 시간과 방과 후 한 시간 동안 오 선생의 친절한 지도를 받으며 피아노 연습을 했다. 오 선생은 은주의 건강을 몹시 걱정했지만, 어떠한 일이 있어도 은주가 콩쿠르에 참가한다는 말을 듣고 무척 기뻐했다.
"자아, 그럼 내일 보자. 오늘 밤엔 일찌감치 자는 게 좋아. 그리고 오늘 저녁엔 은주가 밥을 먹어도 괜찮을 거라고, 아까 의사 선생님이 말씀하셨다. 가서 은주에게 그렇게 전해다오."
"네, 선생님. 염려 마세요."
영란은 내일을 생각하며 희망에 찬 걸음걸이로 학교를 나섰다.
"내가 왜 은주를 싫어했을까?"
은주를 싫어했던 지나간 날이 영란에게는 옛날처럼 아득하게 느껴졌다. 종로 4가에서 돈암동행으로 바꾸어 탈 생각으로 전차에서 내린 영란은 사람들이 줄지어 늘어선 정류장을 향해 걸어갔다. 그런데 걸어가다가 무심코 돌린 영란의 시선은 일터에 앉아 있는 은철의 눈과 마주쳐 버렸다.
"……"
"……"
그러나 아침때와 마찬가지로, 두 소년 소녀는 여전히 말없이 서로 눈길을 외면해 버렸기 때문에 은주의 아름다운 부탁은 또다시 물거품이 되었다.

영란은 은주가 좀 어떠냐고, 은철에게 물어보고 싶은 충동을 꾹 참았다. 그러고는 정류장을 향해 또박또박 걸어갔다.

정류장에는 사람이 꽉 차 있었다. 영란은 빨리 은주를 만나 보고 싶은 마음에 새치기라도 하고 싶었다. 그러나 영란의 성격으로는 그런 짓은 죽어도 하기 싫었다. 아침 등교 때도 지각을 하여 선생님께 꾸지람을 들을망정, 새치기는 절대로 하지 않았다. 그런 것들이 모두 영란의 거만한 성품에서 우러나오는 하나의 표본이라고 볼 수 있었다.

그렇기 때문에 은철에게 어떤 절박한 사정이 있었다 하더라도, 남의 돈을 훔친 것을 영란으로선 도저히 용서할 수가 없었다.

"신문요! 내일 아침 신문요!"

신문을 파는 소년들이 이리저리 뛰어다녔다.

"신문, 한 장 줘요."

영란은 소년 하나를 불렀다.

"네."

소년은 뛰어와 신문 한 장을 영란에게 내주다가 화들짝 놀라며 물었다.

"아니, 은주 아니니?"

그것은 민구였다.

영란은 빙그레 웃으며 머리를 흔들었다.

"아뇨, 전 은주가 아닌데요."

그러자 민구는 바로 알아차리고, 영란을 아는 체했다.

"아, 그럼 네가, 네가 바로 그 은주의 쌍둥이 언니……?"

"네, 맞아요. 제가 바로 은주의 언니 영란이에요."

"아, 정말로 몰라보겠다!"

은주에게 쌍둥이 언니가 있다는 것을 민구는 벌써 알고 있었다.

"은주를 잘 알아요?"

"아는 게 다 뭐야? 은주가 바로 우리 옆집에 사는데."

"아, 그래요?"

그러다가 영란은 궁금한 듯 다시 물었다.

"옆집이라고요? 언덕 위엔 은주네 한 집밖에 없던데……."

"아니, 그 언덕 밑에 있어."

"언덕 밑에도 집이 없던데……."

"헤헤!"

민구는 멋쩍은 듯 머리를 긁적이면서 말했다.

"방공호가 있지 않아?"

"아, 거기가 집이에요?"

"응, 난 거기 사는 민구야."

영란은 차츰차츰 가난한 사람들의 살림살이에 알 수 없는 친근감을 느끼기 시작했다. 은주네 살림도 역시 마찬가지가 아닌가. 여태까지 자기와 아무런 관계도 없이, 멀리 떨어져 살아가던 사람들의 모습이 점점 영란의 눈앞으로 다가오기 시작한 것이다.

"야, 얼핏 보면 정말로 몰라보겠다!"

민구는 신기한지 영란의 머리부터 발끝까지 아래위로 자꾸만 훑어보았다. 영란이 창피할 정도였다.

"자, 돈 받아요."

영란은 교복 안주머니에서 지갑을 꺼내 20원을 내주었다.

"됐어, 그만둬."

민구는 은주를 생각하면서 선심을 썼다.

"안 돼요. 받아야죠."

"그만둬."

"그러면 싫어요. 줄 건 주고, 받을 건 받아야죠."

영란은 무슨 일이든지 불분명하고 흐리멍텅한 것을 제일 싫어했다. 민구는 하는 수 없이 돈을 받았다.

영란의 지갑에는 10원짜리와 100원짜리로 모두 500원이 들어 있었고, 그 밖에 금장의 손목시계가 들어 있었다. 아까 학교에서 줄이 끊어졌기 때문에 지갑에 넣어 두었는데, 은주 생각으로 바쁘지 않았더라면 시계포에 들러서 줄을 고쳤을 것이다.

그런데 여기서 한 가지 사건이 생겼다. 민구와 영란이 돈을 받으라거니 그만두라거니 서로 실랑이를 벌이는 사이, 영란의 바로 뒤에 서 있던 텁수룩한 소년이 영란의 지갑을 들여다보았다. 민구와 나이가 비슷해 보이는 소년이었다.

바로 그때, 돈암동행 전차가 왔다.

"그럼 잘 가."

"네, 많이 팔아요."

영란과 민구는 서로 인사를 하고 헤어졌다.

"신문요! 내일 아침 신문요!"

민구는 다시 목소리를 높여 소리를 치면서 쭉 늘어선 승객들 사이를 이리저리 누비기 시작했다.

'거참, 똑같이도 생겼네!'

민구는 신문을 팔면서도 머릿속으로는 영란과 은주의 얼굴을 그려 보았다. 돌아다보니 영란은 벌써 전차 승강구 앞까지 밀려 가고 있었다.

"내일 아침 신문요!"

민구는 소리치며, 신통하게도 똑같이 생긴 영란의 얼굴을 한 번 더 볼 생각으로 전차 옆으로 달려갔다.

밀고 덮치고, 사람들은 저마다 먼저 타려고 앞다투었다. 게다가 새치기꾼들이 우르르 몰려들어 전차 입구는 굉장한 혼잡을 빚고 있었다.

"새치기하지 말아요!"

영란은 약이 올라서 빽 고함을 쳤다. 영란이가 차에 오르려 할 때, 새치기꾼들은 옆으로 뚫고 들어와서 발을 올려놓았다가 떨어지곤 했다. 게다가 뒤에선 자꾸만 밀어 대어, 영란은 그 틈에 끼여 숨조차 쉴 수가 없었다.

"새치기하지 말아요! 아이참……."

영란이가 또 한 번 그렇게 소리를 치는데, 바로 등 뒤에 서 있던 소년의 손길이 순식간에 영란의 교복 단추를 풀고 안주머니에서 지갑을 살짝 빼냈다.
"앗, 저 자식 소매치기다! 영란아! 지갑, 지갑……!"
그 순간, 고함치는 소리가 등 뒤에서 들렸다. 그것은 분명히 민구의 목소리였다.
영란은 화닥닥 놀라며 안주머니에 재빨리 손을 넣어 보았다.
"앗, 내 지갑……."
단추는 풀어지고 안주머니는 비어 있었다.

43__소매치기 소년

영란의 지갑을 훔친 소년은 벌써 행렬에서 빠져나간 후, 태양이 사그라들기 시작한 저녁 거리를 줄달음치고 있었다.
"앗, 저 자식 소매치기다!"
민구는 그렇게 부르짖으며 무서운 기세로 소년의 뒤를 따라갔다.
"뭐, 소매치기?"
구두 닦는 소년들이 일제히 자리에서 몸을 일으켰다.
"어, 민구 아냐?"
은철이도 후딱 일어섰다.
"은철아! 영란이…… 영란이 지갑을…… 은주의 언니……."
민구는 소년의 뒤를 재빨리 따라가면서 그렇게 외쳤다. 영란이도 민구의 뒤를 쏜살같이 따라가고 있었다.
그 순간, 은철은 자리에서 확 일어나 민구의 뒤를 따라 뛰기 시작했다. 그러나 은철은 단 열 걸음도 못 달리고 우뚝 발걸음을 멈추어 버리고 말았다.
"영란이…… 음, 영란이……."
은철은 멈추어 선 채 입술을 꼭 깨물었다. 피가 나도록 아프게 입술을 깨물었다.
'영란의 돈지갑과 이 서은철이가 도대체 무슨 관계가 있단 말인가?

이러한 생각이 회오리바람처럼 은철의 가슴을 쳤다. 그러나 이러한 생각과는 반대로 은철의 발은 다음 순간 땅을 박차면서 민구의 뒤를 질풍처럼 따라가기 시작했다.

영란의 지갑을 빼낸 소년은 청계천 다릿목을 향해 도망치고 있었다. 소년의 뒤를 민구가 따르고, 민구의 뒤를 영란이가 따르고, 영란이의 뒤를 은철이가 따르고 있었다.

다리 이편 쪽 청계천 시장은 사람들이 득실거렸다. 소매치기 소년은 흘끗흘끗 뒤를 돌아다보면서 다리를 건너자 오른편으로 돌아서서 청계천을 끼고 관철동 쪽으로 도망을 쳤다.

그러나 민구의 다리는 소년보다 빨랐고, 은철이는 민구보다도 빨랐다. 영란은 민구의 뒤를 따라가다가 숨이 차서 그만 오똑 발걸음을 멈추면서 문득 뒤를 돌아다보았다.

'아, 은철이가 아닌가!'

영란은 놀라며 입 속으로 그렇게 부르짖었다.

'아, 은주의 오빠……'

영란은 커다란 목소리로 불러 보고 싶은 충동이 불길처럼 일어났다. 그러나 왠지 영란의 입은 그 한마디를 좀처럼 입 밖에 내지 못했다.

은철은 획 바람을 일으키며 멍하니 서 있는 영란의 옆을 지나갔다. 지나갈 때, 은철은 영란을 한 번 흘끗 쳐다보았지만, 아무런 말도 하지 않았다.

영란은 뭐라고 헤아릴 수 없는 감동의 마음을 한아름 안고 다시 은철의 뒤를 따라갔다.

수표동 다릿목에 다다랐을 무렵, 민구는 거의 소년의 등 뒤까지 육박했다.

"저 자식 잡아라! 저 자식 도둑놈이다!"

민구가 그렇게 고함을 치는 바람에 다릿목에 앉아 있던 커다란 구두닦이 소년 하나가 후딱 머리를 돌리며 몸을 홱 일으켰다.

"응? 뭐야, 뭐? 누가 도둑놈이야?"

앞에 달려오는 소년과 그를 쫓아오는 민구를 무심코 바라보던 구두닦이 소년은 엉겁결에 두 손을 쫙 벌리고 길 가운데 우뚝 버티고 섰다가 소매치기 소년을 꽉 붙잡았다.

"누가 도둑놈이야? 누가?"

구두닦이 소년은 소리치다가 소년의 뒤를 따라오는 민구를 알아보고는 깜짝 놀랐다.

"아, 너는 민구가 아니냐?"

곰보 자국이 얼굴에 가득한 그 소년은 쭉 찢어져 더욱 불량스러워 보이는 눈으로 민구를 무섭게 흘겨보았다.

"아, 너는 봉팔이······."

민구가 따라가서 소매치기 소년의 팔을 움켜잡으며 외쳤다. 소매치기 소년을 붙잡은 사람은 틀림없는 깨알곰보 봉팔이였다. 봉팔이는 경찰의 눈을 피해 이런 외딴 곳으로 와 있었던 것이다.

"그래, 나 봉팔이다. 너 오늘 잘 만났다."

봉팔이는 소매치기 소년을 자기 뒤로 따돌리면서 민구 앞에 우뚝 나섰다. 그 바람에 민구는 약간 겁을 집어먹으며 말했다.
"넌 좀 가만있어. 너하고는 있다 이야기하고…… 이 자식이 남의 돈지갑을 훔쳤다!"
민구는 봉팔이 뒤에 서 있는 소매치기 소년 앞으로 달려들며 말했다.
"너, 지갑 내놔."
바로 그 때, 은철이가 헐레벌떡 뛰어왔다.
"아, 넌 또 은철이가 아니냐? 흥, 오늘 너희들 여기서 잘 만났다!"
봉팔이는 민구를 내버려두고 이번에는 은철이 앞에 딱 버티고 섰다.
"그래, 나 은철이다! 네 말대로 마침 잘 만났다!"
그러면서 은철이도 봉팔이와 마주 버티고 섰다. 봉팔이는 은철의 아래위를 한번 훑어보면서 소리쳤다.
"흥, 건방진 자식! 그래, 네가 그렇게 딱 버티고 서면 어떡할 테냐?"
그 때 은철이가 약간 어조를 낮추어 말했다.
"봉팔이 넌 잠깐 좀 가만있어. 너하고는 따로 할 이야기가 있다. 난 지금 좀 바빠. 저 자식이 남의 지갑을 훔쳤어."
그러면서 은철이는 소매치기 소년을 향해 달려들며 말했다.
"너 지갑 내놔! 빨리 내놔라!"
"무슨 지갑을 내놓으라는 말이야?"
민구와 마주 섰던 소년이 은철이 앞에 딱 버티고 서며 대들었다. 그러는데 영란이가 할딱할딱 숨이 하늘에 닿을 듯 뛰어왔다.

"아, 저 자식이 내 지갑을……."

숨이 가쁜 나머지 영란은 말을 잘 하지 못했다.

"어쭈, 요건 또 은주 계집애가 아냐? 가족 총출동이로구나!"

봉팔이는 영란이를 은주로 알고 있었다. 그러나 다음 순간 뭔가 눈치를 챈 듯, 말을 바꾸었다.

"어라, 어딘가 은주와는 조금 다르다? 네가 은주의 쌍둥이 언니냐?"

봉팔이는 그제야 그 소녀가 은주가 아닌 것을 알아차렸다.

그 때, 소매치기 소년이 앞으로 나서더니 화를 벌컥 내며 도리어 영란에게 대들었다

"그래, 누가 네 지갑을 훔쳤다는 말이냐? 사람을 똑똑히 보고 말을 해!"

"네가 내 지갑을 훔치지 않았니? 남의 단추까지 끌러 놓고……."

영란이 당황하여 말끝을 흐리자, 소매치기 소년은 더 큰 소리로 윽박질렀다.

"미쳤구나! 내가 언제 네 지갑을 훔쳤다고 협박이냐?"

그 때 봉팔이가 쑥 나서며 신이 나서 빈정거렸다.

"흥, 난 도둑이라기에 남의 가방에서 돈 뭉치를 훔치는 은철이 자식인 줄만 알았더니, 뭐? 네가 저 계집애의 지갑을 훔쳤어?"

그 순간, 은철이는 봉팔이에게로 휙 얼굴을 돌리다가, 지금 봉팔이를 상대하고 있을 때가 아니라는 생각에 다시 소년을 향했다.

봉팔이의 그 말 한마디에 영란이도 비로소 놀라지 않을 수 없었다.

'은철이를 경찰에 고발했다는 봉팔이가 바로 이 녀석이었구나!'
영란은 부르르 몸을 떨며, 봉팔이가 저 소매치기와 한패일지도 모를 거라고 생각했다.

44_은철이의 복수

"빨리 못 내놓겠니?"
은철이가 소년에게로 바싹 다가섰다.
"이 자식이 누구보고 돈지갑을 내놓으라는 거야? 도둑질은 네가 잘한다면서……."
소년의 말투가 험악하게 나왔다.
"뭐야?"
은철이의 손이 번쩍 들렸다. 그러나 번쩍 들린 은철이의 손은 소년의 따귀를 갈기지 못한 채, 옆에 섰던 봉팔이에게 손목을 붙잡히고 말았다.
"놔라, 이 손을!"
은철이가 소리치자, 은철의 손목을 꽉 잡은 채 봉팔이는 눈을 부릅떴다.
"내게 무슨 할말이 있다고 그랬지? 어디 그 이야기 좀 먼저 들어보자."
"흥, 그러고 보니 너희 둘이 한패로구나!"
"누가 한패야? 나는 얘를 모른다."
"음, 그만하면 알겠다."
"이 자식이! 도둑질은 네가 잘하면서 누굴 보고……."
그 말과 동시에 봉팔이의 손길이 "딱—" 하고 은철이의 뺨을 향해 날아들었다.

이윽고 봉팔이와 은철이의 싸움이 시작됐고, 옆에 섰던 소매치기 소년과 민구도 서로 멱살을 잡았다. 곧 두 쌍의 소년은 서로 부여안고 땅바닥을 뒹굴기 시작했다.

"어머나, 이를 어째!"

영란은 어쩌면 좋을지를 몰라 발을 동동 굴렀다.

"이 자식이!"

"이 자식이!"

차고 받고 치는 소년들의 싸움. 영란은 그 무서운 광경에 온몸을 와들와들 떨었다.

"앗!"

은철이의 코에서 피가 흘렀다. 봉팔이의 귀에서도 피가 흘렀다. 힘은 봉팔이가 단연 세었다.

그러나 죽음을 무릅쓰고 달려드는 은철이의 기세에 봉팔이는 약간 겁을 집어먹은 듯했다.

'복수다! 여기서 내가 다시 봉팔이에게 굴복한다면, 고양이 앞의 쥐 모양으로 나는 영원히 봉팔이 앞에 머리를 들지 못할 것이다!'

살려고 할 때는 죽기 쉽지만, 죽음을 생각할 때는 도리어 살게 되는 법이다.

'복수다! 그렇다. 이것은 비겁한 자식 봉팔이에 대한 복수인 동시에, 거만한 계집애 영란에 대한 복수다! 내가 이 마당에 봉팔이에게 굴복을 한다면 영란의 그 불쾌한 거만은 영원히 내 앞에 계속될 것이다.

영란의 그 거만한 마음을 뿌리째, 송두리째 뽑아 버릴 수 있는 단 하나의 방법은 비겁한 봉팔이를 혼내 주는 것이다! 죽는 한이 있어도 오늘의 이 싸움을 회피해서는 안 된다. 죽어도 좋다! 죽어도……'
그것은 아까 은철이가 일터를 뛰쳐나와, 민구의 뒤를 따라가다가 우뚝 발걸음을 멈추고 생각한 무서운 결심이었다.
한편, 영란은 도저히 그 무서운 광경을 서서 바라보고만 있을 수 없었다. 영란은 그 어떤 극심한 감정에 부르르 몸서리를 치다가 자기도 모르게 홱 달려들어, 은철이와 부둥켜안고 뒹구는 봉팔이의 머리를 구둣발로 한 번 힘껏 내리밟았다.
"영란아, 다친다! 저리 비켜라!"
은철은 영란을 향해 고함을 쳤다. 은철이의 그 한마디는 오만한 소녀 이영란으로 하여금 조금도 거짓 없는 후회의 눈물을 짓게 하는 진실한 말이었다.
마침내 성실한 소년 서은철은 폭풍과도 같은 정열과 강철같이 굳센 의지로 깨알곰보 봉팔이의 힘을 꺾어 버리는 데 성공했다.
은철은 봉팔이의 배 위에 말 타듯이 올라타는 몸이 되었다. 은철은 옆에 널브러져 있던 큰 돌멩이 하나를 집어들고 손을 번쩍 쳐들면서 부르짖었다.
"자, 깨알곰보! 항복을 해라! 그렇지 않으면 이 돌멩이가 네 머리를 부숴 버릴 것이다!"
"아, 잠깐만, 잠깐만…… 은철아, 잠깐만 기다려!"

깨알곰보 봉팔이는 겁을 잔뜩 집어먹고 두려움에 찬 눈을 크게 뜨면서 애원했다.

"항복이냐, 아니냐? 둘 중 하나밖에 없다! 죽느냐, 사느냐? 둘 중에 하나를 골라, 어서!"

"은철아! 잘, 잘, 잘못했다! 용서해다오!"

"똑똑히 말을 해! 항복이야?"

"그, 그래, 항복이다!"

그러는데 사람들이 하나 둘 모여들더니, 이윽고 정복 차림의 경찰 두 사람이 뛰어왔다.

"왜들 그래? 다들 일어나!"

경찰 한 사람이 꽥 소리를 쳤다.

그 때, 민구는 소매치기 소년을 완전히 때려눕히고 있었다.

"빨리 못 일어날 테야?"

다른 경찰이 또 벽력같이 소리질렀다. 네 명의 소년은 하는 수 없이 부스스 땅에서 일어났다.

"왜들 그래?"

"얘가 제 돈지갑을 훔쳤어요."

영란이가 몸을 떨면서 설명을 했다.

"누가? 이 자식이?"

경찰은 재빨리 소년의 목덜미를 움켜잡았다.

"네, 그래서 민구 오빠하고, 은철 오빠가 달려와서……"

"아니에요. 전 훔치지 않았어요."
소년은 발뺌을 했다.
"네 이름이 뭐냐?"
"김달중이에요."
"너는 누구냐?"
"저는 주봉팔이에요."
경찰은 달중이의 몸을 뒤졌다. 그러나 아무리 뒤져도 영란의 지갑은 나오지 않았다. 달중은 민구를 가리키며 말했다.
"얘가 잘못 보고, 제가 지갑을 훔쳤다고 해서 싸움을 한 거예요."
그러자 경찰은 민구를 보며 물었다.
"너 정말 얘가 훔치는 걸 봤냐?"
"분명히 봤어요."
그 때 다른 경찰이 봉팔이의 몸을 뒤지다가 조그만 지갑을 하나 끄집어 냈다.
"이건 누구 거야?"
"아, 제 것이에요! 그런데 어떻게 제 지갑이 이 사람 주머니에 들어가 있을까요?"
영란은 이상하기 짝이 없었다. 그러나 달중이와 한패인 봉팔이가 아까 팔을 벌리고 길에 서서 달중이를 붙잡는 순간, 달중이가 지갑을 봉팔이의 주머니에다 살짝 넣어 둔 사실을 영란도 몰랐고 민구와 은철이도 모르고 있었다.

경찰은 영란을 향해 물었다.

"이 지갑에 무엇이 들어 있었지?"

"돈 530원과 줄이 끊어진 손목시계 하나가 들어 있었어요."

경찰은 지갑을 열어 보았다. 지갑 속에는 영란의 말대로 돈 530원과 시계가 들어 있었다. 경찰은 지갑을 영란에게 돌려주고 봉팔이와 달중이를 앞세워 끌고 갔다.

45 _ 세상에서 제일 귀한 보물

"민구 오빠, 미안해!"

영란은 민구의 흙 묻은 옷을 털어 주며 감사에 넘치는 얼굴로 민구를 쳐다보았다.

"괜찮아. 그 자식이 깨알곰보와 한패인 줄은 정말 몰랐다."

그러면서 민구는 흩어진 신문 뭉치를 다시 옆구리에 끼었다.

영란은 이번에는 다릿목 쓰레기통 옆에 서 있는 은철이 앞으로 조용히 걸어갔다. 코피가 흘러 피투성이가 된 얼굴을 은철은 종이 조각으로 묵묵히 문지르고 있었다. 피투성이가 된 은철의 얼굴을 바라보는 순간, 영란의 가슴은 알지 못할 감격으로 꽉 막혀 버리는 것 같았다. 영란의 눈은 뭉클하게 솟구쳐 나오는 눈물로 앞이 보이지 않았다.

피 묻은 얼굴을 문지르고 있던 은철은 영란이가 내주는 손수건과 영란의 눈물 젖은 얼굴을 번갈아 바라보았다. 은철은 한참 동안 그대로 서 있다가, 잠자코 영란의 손에서 손수건을 받아 쥐었다. 너무나도 하얀 손수건이었다.

은철은 새하얀 손수건에 피를 묻히기가 아까워서 받아 쥐었던 손수건을 도로 영란에게 내주며 말했다.

"넣어 둬."

"괜찮아. 어서 그걸로 닦아."

영란은 은철의 손등을 가만히 밀었다.

"손수건이 아까워, 그냥 넣어 둬."

"아깝긴…… 손수건 하나가 뭐가 그리 아깝다고……."

영란은 은철의 손에서 손수건을 받아 쥐고는, 은철에게 바싹 다가서며 제 손으로 은철이의 얼굴에 묻은 피를 정성 들여 닦기 시작했다.

"괜찮아, 가만있어."

영란은 골고루 피를 닦아 주고 나서 말했다.

"나를 용서해 줄래?"

그러면서 영란은 은철의 얼굴을 가만히 쳐다보았다. 이슬 같은 눈물이 새까만 두 눈동자를 담뿍 감싸고 있었다.

"용서는…… 용서는, 내가 무슨 용서를……."

더듬거리는 말로 은철은 대답했다.

"아냐. 나는 용서를 받아야 돼. 내가 나빴어! 나는…… 나는……."

영란은 말을 끝까지 잇지 못한 채, 손으로 얼굴을 가리며 흐느껴 울기 시작했다.

진심에서 우러나오는 영란의 그 참된 후회의 눈물을 바라보자, 아프도록 맺혀 있던 은철이의 가슴속에서도 어느새 다사로운 감정의 실마리가 맑은 샘물처럼 솟구쳐 나왔다.

"울지 마라!"

은철은 자기의 사랑하는 동생 은주에게 대하던 것과 조금도 다름없는 부드러운 감정으로 영란에게 말했다.

"영란아, 울지 마! 네 눈물은 나의 모든 감정을 깨끗이 씻어 주었어. 자아, 이제 그만 울고 빨리 집으로 가서 은주를 만나 보자."
은철은 영란의 손에서 손수건을 받아 쥐고, 그것으로 이번에는 영란의 눈물을 닦아 주었다.
"은철아, 빨리 가자. 너무 늦었다."
그 때 민구가 옆에서 재촉하는 바람에, 일행은 저녁 어스름이 내리깔린 청계천 길을 걸어 종로 4가 전차 정류장까지 왔다.
"나는 신문을 마저 팔고 들어갈게, 먼저 들어가."
"응, 그래라. 민구야, 오늘 고맙다."
은철이가 영란을 대신해 민구에게 감사의 말을 하였다.
"민구 오빠, 내일 꼭 예술회관으로 구경하러 와야 돼?"
"응, 꼭 갈게!"
그러면서 민구는 곧바로 신문 사라는 소리를 외치며 어디론가 사라져 갔다.
"신문요! 내일 아침 신문요!"
은철은 구두 닦는 상자를 둘러메고 영란과 함께 전차를 탔다. 삼선교에서 둘은 내렸다. 영란은 다릿목 가게에서 달걀 다섯 개를 샀다.
"은주 갖다 줘야지."
그러면서 영란은 은철을 쳐다보며 빙그레 웃었다.
은철이도 무척 기뻤다. 조금 전까지만 해도 무섭게 자리잡았던 흐린 감정의 물결이 넓고 넓은 푸른 바다를 향해 좌악 쏟아져 나가는 것 같은 상쾌한 기분이었다.

어둑어둑한 개천가 길을 걸어 언덕 위에 있는 판잣집 대문 앞에 다다랐을 때, 은철이와 영란은 문득 걸음을 멈추고 귀를 기울였다. 방 안에 불이 켜져 있고, 두런두런 말소리가 흘러나오고 있었다. 들어가 보니, 대구로 출장을 갔던 이창훈 씨가 부인과 함께 은주를 찾아와서 저녁상을 차리고 있었다.

"아, 아버지!"

영란은 고함치듯 아버지를 부르며 안으로 뛰어 들어갔다.

"오오, 영란이냐? 그리고 은철 군도……."

이창훈 씨 내외는 영란이와 은철이가 사이좋게 들어서는 것을 의아한 얼굴로 쳐다보았다.

"선생님, 안녕하십니까?"

은철이는 인사를 했다.

"그런데, 은철 군. 얼굴은 왜 다쳤는가?"

그 말에 영란이가 나서서 오늘 거리에서 벌어졌던 이야기를 쭉 털어놓았다.

"아이, 어쩌면……."

부인이 크게 감동하며 눈을 둥그렇게 떴다.

"음, 은철 군, 감사하네! 그리고 그것을 계기로 영란이와 사이가 좋아졌다는 건 참으로 다행한 일이야. 모든 것은 은철 군의 그 성실한 마음의 덕택일세. 영란이가 후회의 눈물을 흘리게 된 것도 좋은 일이고,

자네의 성실성이야말로 미래에 스스로를 위대한 인간으로 만들 수 있는 중요한 원동력이 될 것이네."
"선생님, 무슨 그런 과찬의 말씀을……."
"아니야, 부모의 말도 선생님의 말도, 누구의 말에도 귀를 기울이지 않던 영란이가 은주의 노래에 머리를 숙이고 자네의 성실성에 눈물을 흘렸다는 것은 결코 그냥 넘어갈 문제가 아니야. 은주도 훌륭하고 은철 군도 훌륭하지만, 이제 보니 영란이에게도 좋은 점이 있었군. 음, 그래! 그랬어!"
이창훈 씨는 여간 기뻐하지 않았다. 부인은 옆에서 계속 "어쩌면! 어쩌면!" 하고 감탄의 소리만 연발했다.
"그런데 은주는 좀 어때요?"
영란은 어머니와 은주의 얼굴을 번갈아 쳐다보았다.
"아주 좋은 편이다. 아침과 점심때보다도 더 기운이 났단다. 내일은 어떤 일이 있어도 꼭 콩쿠르에 나가겠다고 어떻게나 열심인지……."
"아이, 좋아! 은주야."
"응?"
"너 정말 괜찮니?"
"응, 괜찮아. 오늘 밤만 지나면 문제없어."
은주도 어지간히 자신 있는 대답을 했다.
"아이, 그럼 됐다! 오 선생님이 얼마나 걱정하시는지……."
그 때 부인이 손수 식사 준비를 하면서 말했다.

"자아, 오늘은 우리 여기서 은주와 같이 저녁을 먹기로 하자."

그 때 영란은 달걀 다섯 개를 내놓으면서 말했다.

"어머니, 이거 은주 주려고 사 왔어요."

"아이고, 우리 영란이가 언제부터 이처럼 어른이 됐냐?"

그 말에 아버지는 영란이가 대견한 듯 웃으며 칭찬을 했다.

"동생이 또 하나 생겼으니, 언니 노릇 제대로 하려고 작정했구나!"

"아이, 아버지도 참……."

영란은 은주를 힐끗 바라보며 얼굴을 붉혔다. 은철이도 빙그레 웃음을 지었다.

그 때, 은철은 주머니에서 꽁꽁 묶은 돈 뭉치를 꺼내 이창훈 씨 앞에 내놓았다.

"선생님, 이건 제가 선생님께 허락 없이 빌려 썼던 2만 원입니다. 너무 늦어서 죄송합니다. 받아 주십시오."

은철은 그 동안 푼푼이 모아 두었던 손때가 새까맣게 묻은 돈을 이창훈 씨 앞에 내놓았다. 이창훈 씨 내외는 눈이 동그래지며 감탄하지 않을 수 없었다.

"음, 과연 은철 군은 정직한 소년이야! 그 지극한 성실성을 존경하는 의미에서, 이 돈은 받겠다! 그리고 이 돈은 아무 데도 쓰지 않고 오래오래 간직해 두고, 우리 집안의 교훈으로 삼겠다! 음, 참으로 훌륭한 돈이다!"

이창훈 씨는 정말로 그 새까맣게 손때가 묻은 돈 뭉치를 무슨 귀중한 보물처럼 생각하며, 영란에게 그 피 묻은 손수건을 달라고 해서는 거기에 정성 들여 꼭꼭 싸면서 말했다.
"여기 있는 때 묻은 돈과, 피 묻은 이 손수건은 우리 가정의 귀중한 보물이다. 영란이는 이제부터 마음이 거칠어질 때마다 이 손수건과 때 묻은 돈을 가만히 들여다보아라! 그러면 거칠어진 마음의 물결이 잔잔해질 것이다. 알겠니, 영란아?"
"네, 잘 알겠습니다. 아버지!"
영란은 머리를 푹 숙이고 진심으로 대답을 했다.
"피 묻은 이 손수건과, 은철 군이 애써 마련한 손때 묻은 돈…… 이것이야말로 실로 고귀한 보물이라는 것을 모두 알아야 해. 음……."
이윽고 모두는 경건한 마음으로 단란한 저녁상에 둘러앉았다.

46 _ 음악 콩쿠르

이튿날 아침, 마침내 음악 콩쿠르의 날이 왔다.

이 날 거리에는 이슬비가 뽀얗게 내리고 있었다. 아침부터 밀려드는 관중들로 인해 예술의 회관 앞마당은 장사진을 이루고 있었다. 이윽고 장내는 꽉 찼고, 관중은 어서 빨리 막이 오르기만 기다리고 있었다.

프로그램은 제 1부 성악, 제 2부 기악으로 나누어져 있었다. 참가한 학교는 남녀 중학교를 합해 모두 열두 학교였다. 제 1부 성악에는 열한 명, 제 2부 기악에는 아홉 명의 참가자가 있었다.

참가 학생은 대부분 고학년인 3학년들이었고, 2학년은 여섯 명, 1학년은 은주 한 사람밖에 없었다. 그래서 자유곡은 모두들 어려운 곡들을 선택했다.

그러나 어려운 곡을 택하든 쉬운 곡을 택하든, 문제는 자기 역량으로 충분히 소화할 만한 곡을 선택하는 것이 제일 중요했다. 어려운 곡을 선택해서 뽐내 보겠다는 생각은 콩쿠르에서는 금물이었다.

오 선생은 은주의 능력에 비추어 가장 적당하다고 생각되는 〈성불사의 밤〉을 자유곡으로 선택해 주었다. 그리고 결과적으로 볼 때, 오 선생의 이러한 선택은 가장 현명한 판단이었다.

"아, 신 선생 오셨습니까?"

오 선생은 심사 위원의 한 사람인 음악 평론가 신채영 선생을 복도에서 만났다.

"오 선생의 학교에서도 이번 콩쿠르에 참가했더군요."

"네, 그런데 이번에 저희 학교에서 나오는 서은주라는 학생을, 신 선생은 기억 못하시겠습니까?"

"서은주? 모르겠는데요. 몇 학년입니까?"

"1학년입니다."

"1학년?"

신채영 선생의 얼굴이 약간 흐려지며 되물었다.

"1학년이 나와서야 될까요? 너무 어린데요. 기악입니까?"

"성악입니다."

"몇 살입니까?"

"열네 살입니다."

"야아, 그건 좀 무리인 걸요."

그 말에 오 선생은 약간 근심스런 표정으로 물었다.

"언젠가 신 선생께서 대지초등학교 학예회에 가셨던 일이 있지 않습니까?"

"학예회? 아참, 그런 일이 한 번 있었지요."

"그 때, 〈봉선화〉를 부른 서은주라는 학생을 잊으셨습니까? 신 선생이 극구 칭찬을 하신……"

그제야 신채영 선생은 손을 탁 치며 소리쳤다.

"아, 이제야 생각이 나는군요. 오늘 참가한 서은주라는 학생이 바로 그 학생입니까?"

"그렇습니다. 바로 그 학생입니다."

"아, 그래요?"

신채영 선생의 얼굴에 차츰차츰 흥분의 빛이 떠오르기 시작했다. 그것을 본 오 선생은 설레는 마음을 누르며 조심스럽게 물었다.

"왜, 희망이 없습니까?"

"글쎄올시다. 그 학생이라면……."

신 선생은 뭔가 신중히 생각하는 듯하더니, 잠시 후에 대답했다.

"하여튼 주의해서 들어 보겠습니다."

"감사합니다. 그런데 반주는 그 애의 언니가 하게 되었습니다. 같은 1학년인데, 쌍둥이입니다."

"쌍둥이?"

"네, 똑같이 생긴 쌍둥이입니다."

"허어!"

신 선생은 어지간히 흥미를 느끼는 듯했다.

"그럼, 잠시 후에 다시 뵙겠습니다."

이렇게 오 선생과 신 선생은 헤어졌다.

장내는 아주 조용했다.

정각 10시에 드디어 막이 올랐다. 이창훈 씨 내외를 비롯해 은철이와 민구 그리고 영란이의 동생 영민이도 와 있었다.

"엄마, 누나 어디 있어?"

영민이가 물었다.
"저 뒤에 있단다."
"누나도 나와?"
"쉬! 가만있어. 떠들면 안 돼."

막이 오르고 제 1부가 시작되었다. 맨 처음으로 남자중학교 3학년 학생이 나와서 지정곡인 〈보리수〉를 부르고, 자유곡인 슈베르트의 〈세레나데〉를 불렀다. 사람들은 박수를 쳤으나, 그저 일상적인 박수였을 뿐 열광해서 치는 것은 아니었다.

두 번째 참가자는 모 여학교 3학년 학생이었다. 그러나 이 학생은 몸가짐이 단정하지 못하고, 마치 쇼 프로에 나오는 유행가 가수 같은 인상을 주었다. 성량은 풍부했지만 박자와 음정이 정확하지 못했다. 이번에도 기운 없는 박수 소리가 들렸다.

셋째, 넷째, 다섯째, 여섯째……. 마침내 아홉 번째로 은주와 영란이의 차례가 왔다.

"엄마, 누나 나왔다!"
영민이가 반가운 마음에 흥분해서 고함을 쳤다.
"그래, 누나란다!"
어머니는 귓속말로 가만히 속삭였다.
"앞에 서서 나오는 건 새로 생긴 너의 작은누나 은주고, 뒤에 따라 나오는 건 영란이 누나란다."
"야아, 참 멋있다!"

영민이는 손뼉을 쳤다.

얼굴이 똑같이 생긴 어여쁜 자매를 바라보는 순간, 사람들은 호기심에 불타는 얼굴로 유심히 바라보았다.

"아아, 쌍둥이다! 쌍둥이 자매다!"

"어쩌면 둘 다 저렇게 예쁠까!"

여기저기에서 감탄의 속삭임이 들려왔다.

은철은 그 어떤 알지 못할 감격으로 온몸이 부르르 떨렸다. 생각하면 그 동안 무척 많은 고생을 해 온 은철이가 아니었던가. 갖은 고생과 모욕을 꾹 참아 가면서 끝끝내 자기의 뜻을 굽히지 않았고, 사랑하는 은주를 오늘 이처럼 영광스러운 자리에서 바라볼 수 있는 은철이야말로 눈물이 나도록 기쁘지 않을 수 없었다. 더구나 영란이가 반성과 후회의 눈물을 흘리고 은철이에게 마음의 문을 열게 된 후부터 은철의 행복은 그 누구보다 컸다.

은주는 조용히 걸어 나와 공손히 머리를 숙였다. 곧이어 피아노 앞에 앉은 영란이가 〈보리수〉를 반주하기 시작했다. 영란의 피아노 반주에 맞추어 은주의 노래 소리가 조용히 흘러나왔다.

성문 앞 우물 곁에

서 있는 보리수

나는 그 그늘 아래

단꿈을 보았네

새벽 하늘, 깊은 산기슭에서 흘러내리는 맑은 샘물과도 같은 영롱한 노래! 눈물을 머금은 듯한 젖은 눈동자가 살며시 허공을 바라보며, 머나먼 나라의 아름다운 꿈을 꾸는 것 같은 은주의 귀여운 얼굴!

    가지에 희망의 말
    새기어 놓고서
    기쁘나 슬플 때에나
    찾아온 나무 밑
    찾아온 나무 밑

은주가 마지막 절까지 노래를 부르자, 관중의 박수 소리가 우레처럼 터져 나왔다.
다음 자유곡 〈성불사의 밤〉이 시작되었을 때, 오랫동안 그치지 않고 계속되던 우레와 같은 박수 소리가 일제히 딱 멎고 장내는 기침 소리 하나 없이 다시 조용해졌다.

    성불사 깊은 밤에
    그윽한 풍경 소리
    주승은 잠이 들고
    객이 홀로 듣는구나
    저 손아, 마저 잠들어

혼자 울게 하여라

이어서 제 2절이 끝나는 순간, 관중의 박수 소리는 한층 요란하게 터져 나왔다. 은주가 공손히 인사를 하고 영란이와 함께 퇴장했을 때도 박수 소리는 좀처럼 그치지 않았다.
"앙코르! 앙코르!"
여기저기서 앙코르를 원하는 소리가 들려왔다. 박수는 계속되었다. 폭풍과 같은 환호의 박수! 우레와 같은 열광의 박수!
은철은 울고 있었다. 흑흑 느껴 울고 있었다. 가슴이 벅차 왔다.
'오오, 은주야! 내 귀여운 동생 은주야!'
은철은 마음속으로 그렇게 부르짖으며 울고 있었다.
'오늘의 네 모습을 돌아가신 어머니께서 보셨다면 얼마나 좋아하셨을까? 자나깨나 네 생각만 하시던 불쌍하신 어머니!'
은철은 마음이 쓰라리고 가슴이 터지는 것 같았다. 오늘의 이 커다란 기쁨, 오늘의 이 무한한 행복을 진실한 소년 서은철은 눈물로 축하하는 것이었다.
이창훈 씨도 눈을 자꾸만 껌벅거렸고, 옆에 있는 부인도 조용히 울었다. 영민이만 고사리 같은 손으로 언제까지나 손뼉을 치고 있었다.
이윽고 은주와 영란이가 다시 한 번 나와서 그칠 줄 모르는 박수 소리를 향해 공손히 답례를 했을 때, 박수 소리는 더한층 높아졌다.
"야아, 신통하게도 똑같이 생긴 쌍둥이다!"

"쌍무지개 같은 어여쁜 쌍둥이다!"
그런 말이 은철의 귀에 들려왔다.

47_쌍무지개 뜨는 언덕

제 2부 기악 부문이 모두 끝났을 때는 오후 세 시가 약간 넘었을 무렵이었다.

일곱 명의 심사 위원이 한데 모여서 엄격한 채점을 하고 있는 동안, 관중은 제법 흥분한 얼굴로 채점 결과를 기다리고 있었다.

이윽고 심사 위원 일동을 대표해 신채영 선생이 무대 위에 나타났다.

"이제부터 심사 결과를 발표하겠습니다. 이번 대회에 참가한 학교는 모두 열두 학교, 참가 인원은 성악부 열한 명, 기악부 아홉 명, 그 중 여학교가 여덟 학교, 남학교가 네 학교입니다. 이번 대회는 성악에서나 기악에서나 예년보다도 훨씬 수준이 높다는 것이 심사하신 여러 선생님의 말씀입니다. 이러한 현상은 우리 한국 음악 예술의 꾸준한 향상을 증명하는 것입니다."

신채영 선생은 잠시 말을 끊었다가 신중한 음성으로 결과를 발표했다.

"그럼 이제부터 심사 결과를 발표하겠습니다. 먼저 제 1부 성악에 있어서, 일등은 동신여중 제 1학년 서은주 양, 이등은 명덕여중 제 3학년 송경춘 양, 3등은 중앙남중 제 2학년 김성식 군……."

그러나 은철이의 귀에는 더 이상의 말이 들리지 않았다. 가슴이 자꾸만 벅차고, 눈앞은 안개가 낀 듯이 뽀얗게 흐려졌다.

이윽고 심사 결과 발표가 끝나고 시상식이 시작되었다. 일곱 명의 심사 위원이 쭉 무대 오른편에 나와 앉았고, 스무 명의 참가 학생이 왼편에 나란히 섰다. 은주의 키가 제일 작았다.

"제 1부 성악부 일등, 서은주!"

키가 제일 작은 은주가 제일 먼저 불려 나갔다. 은주가 고개를 푹 숙이고 이 콩쿠르의 주최자인 태양신문사 사장 앞으로 걸어가 인사를 하고 일등 상장과 부상으로 금메달을 받았을 때, 박수 소리가 또다시 터져 나왔다.

"잠시 이번 성악부에서 일등을 한 서은주 양과 피아노 반주를 한 영란 양을 위해, 동생 영민 군의 꽃다발 증정이 있겠습니다. 이영란 양, 앞으로 나오세요."

사회자의 말이 끝나자, 어느 틈에 올라와 있었는지 초등학교 2학년인 영민이가 꽃다발을 들고 왼편 참가자 출입구에서 조용히 걸어 나왔다. 아버지가 몰래 준비해 가지고 온 꽃다발이었다.

관중석에서 일단 멎었던 박수가 또다시 울렸다. 영민은 귀엽게 절을 하면서 두 개의 꽃다발을 들고 나와 누나들에게 하나씩 주었다. 여기저기서 신문사 기자들이 카메라 플래시를 터트렸다.

이리하여 영광의 시상식은 끝나고, 관중은 물결처럼 밖으로 밀려 나왔다. 그 사이, 좍좍 쏟아져 내리던 소나기가 멎고 거리는 깨끗하고 신선한 공기가 감돌고 있었다. 구름 사이로 기울어져 가는 태양이 부끄러운 듯 얼굴을 반만 드러냈다.

오 선생과 신 선생이 은주와 영란이를 데리고 밖으로 나왔다. 일행은 기다리고 있던 이창훈 씨 내외 앞으로 성큼성큼 걸어왔다.

"이 선생, 축하합니다!"

오 선생과 신 선생은 무척 기뻐하는 얼굴로 말했다.

"모두 다 오 선생님 덕택입니다!"

이창훈 씨는 기쁨에 넘쳐 악수를 했다.

"이 분은 유명한 음악 평론가 신채영 선생입니다. 은주의 소질을 누구보다도 먼저 발견하신 고마우신 분이지요."

"아, 그렇습니까? 이후에도 은주와 영란이를 위해 많은 지도 편달을 바랍니다."

"천만의 말씀을…… 그런데 이 선생은 참으로 행복하신 분입니다. 그처럼 훌륭한 음악적 소질을 가진 따님을 둘씩이나 두셔서…… 은주의 노래도 훌륭하지만, 영란이의 반주도 참 좋았습니다. 영란이는 기악으로 성공할 충분한 소질을 가지고 있다고 생각됩니다."

"황송한 말씀, 뭐라고 보답해야 할지 모르겠습니다."

이창훈 씨는 진심으로 감사의 말을 전했다.

"그럼, 저는 좀 바빠서 실례하겠습니다."

이윽고 신 선생은 그 자리를 떠났다.

"오 선생님, 은주와 영란이를 위해 정말 수고하셨습니다. 오늘 저녁은 저희들과 같이 식사하시면서 은주와 영란이를 위해 축복의 말씀을 해 주세요."

"고맙습니다. 오늘 저녁만큼은 은주와 영란이의 앞날을 위해 같이 놀고 같이 노래를 부르겠습니다."

이리하여 모두는 자동차를 타고 소나기가 그친 밝은 거리를 혜화동 영란의 집을 향해 달리기 시작했다.

"은철 오빠!"

그것은 은주의 목소리가 아니고 꽃다발을 안은 영란의 목소리였다.

"아, 영란아!"

은철이는 얼굴을 돌렸다.

"이제부터는 나의 오빠가 되어 줘. 나를 은주와 똑같은 동생이라고 생각해 줘, 응?"

"영란아, 고맙다! 이제부터 나를 오빠라고 불러다오!"

은철이는 조금도 거짓 없이 그렇게 대답했다.

"아이, 기뻐라!"

그 때, 은주는 꽃다발을 안은 두 손으로 은철의 가슴을 꽉 부여안으며 꿈결처럼 외쳤다.

"은주야, 기쁘냐? 내가 더 기쁘다!"

은철은 가만히 눈을 감았다.

"은철 오빠, 이 꽃다발, 오빠 줄게!"

그 때, 영란이는 안고 있던 꽃다발을 은철의 무릎 위에 가만히 얹어 놓았다.

"오빠, 이 꽃다발도 받아!"

이번에는 은주가 또 꽃다발을 은철이에게 주었다.

"고맙다! 그러면 이 꽃다발은 내가 다 받을게. 아! 영란이의 꽃다발! 은주의 꽃다발!"
그 때 영민이가 창 밖을 내다보며 소리쳤다.
"야, 저기 쌍무지개가 떴다! 쌍무지개가!"
그 말에 일행은 다 같이 창 밖을 내다보았다. 자동차가 원남동을 거쳐 창경궁을 지날 무렵이었다.
"아이, 어쩌면! 돈암동 언덕 위에 쌍무지개가 떴네요!"
영란이가 먼저 외쳤다.
"와, 참 예쁜 쌍무지개다!"
오 선생이 감동한 듯이 말했다. 은철이도 민구도 무지개를 바라보았다. 이창훈 씨 내외도 창 밖의 쌍무지개를 바라보았다.
은주의 집이 서 있는 그 언덕 위에 일곱 가지 색이 아롱진 두 줄기 쌍무지개가 동화책 속의 그림처럼 찬란하게 커다란 반원을 그리고 있었다.
"오오, 하늘에도 쌍무지개! 땅 위에도 쌍무지개! 오늘이야말로 축복받은 영광의 날이다!"
오 선생은 혼잣말처럼 중얼거렸다.

쌍무지개 뜨는 언덕

2010년 9월 9일 인쇄
2010년 9월 16일 발행

지은이 김내성
펴낸이 조명숙
펴낸곳 동쪽 맑은창
등록번호 제16-2083호
등록일 2000년 1월 17일

주소 서울시 금천구 가산동 771 두산 112-5
전화 02-851-9511
팩스 02-852-9511
전자우편 hannae21@korea.com

ISBN 978-89-86607-77-2 03810
값 9,000원

● 잘못된 책은 바꾸어 드립니다.